日本新潮社授权
安徽文艺出版社独家引进中文简体字版
日本畅销书作家、直木奖得主
白石一文经典力作

心に龍をちりばめて

龙文身的女人

Long Wenshen De Nvren

【日】白石一文 著

彤彫 译

时代出版传媒股份有限公司
安徽文艺出版社

图书在版编目(CIP)数据

龙文身的女人/(日)白石一文著;彤彫译.—合肥:安徽文艺出版社,2015.5
(白石一文精品集)
ISBN 978-7-5396-5435-5

Ⅰ.①龙… Ⅱ.①白… ②彤… Ⅲ.①长篇小说-日本-现代 Ⅳ.①I313.45

中国版本图书馆 CIP 数据核字(2015)第 139568 号

引进图书合同登记号:1211994
Kokoro ni Ryu o Chiribamete by Kazuhumi Shiraishi

Original Japanese edition published by SHINCHOSHA Publishing Co. ,Ltd.
Simplified Chinese translation rights arranged with SHINCHOSHA Publishing Co. ,Ltd.
through NISHIKAWA COMMUNICATIONS CO. ,LTD.

出 版 人:朱寒冬
出版策划:朱寒冬　　　　责任编辑:韦　亚

出版发行:时代出版传媒股份有限公司　www.press-mart.com
安徽文艺出版社　www.awpub.com
地　　址:合肥市翡翠路 1118 号　邮政编码:230071
营 销 部:(0551)63533889
印　　制:安徽新华印刷股份有限公司　(0551)65859551

开本:880×1230　1/32　印张:9.625　字数:180 千字
版次:2015 年 5 月第 1 版　2015 年 5 月第 1 次印刷
定价:28.00 元

一九八三年八月十日

一块与生俱来的红色胎记宛若一条细细的小蛇附在小柳美帆的右腿内侧,使她一直不敢在大庭广众之下裸露胳膊和腿,更不敢穿泳衣。尽管母亲早苗说:“没关系的,你长大了我们就去医院把那块讨厌的胎记去除掉。”可当小柳美帆在小学五年级的春天做完手术之后,仍然是如此——不敢去公共区域游泳,母亲早苗不愿让女儿在户外穿泳装。这次她的理由是:“难得你天生这么白嫩的皮肤,太阳晒黑就太可惜了。”

其实,美帆内心深处并不想把那块胎记去除掉。这是生身之母留给她的烙印,这种血脉印记一旦人为去除掉将令她很难过。但她不敢说。母亲早苗对她百般呵护,疼爱有加,即使在弟弟小柳正也出生之后也未有丝毫改变。

手术当晚,疼痛让小柳美帆辗转反侧,难以入眠,直至东方鱼肚白时才昏昏入睡,睁开眼时,病房里已经洒满了阳光。

而母亲一整晚都未曾合眼,一直守在她的床边。

这时,母亲探过头来说道:

“早上好啊,美帆!”

美帆看着妈妈回答道:

“早上好!”

说完,美帆稍微停顿了一下——她想确认一件重要的事情。

“妈妈,您是什么时候来的?”

她装作不经意地问道。

“我刚到。昨晚疼吗?睡得好吗?”

“嗯嗯,一点都不疼,睡得很好。”

美帆这样回答后,直到看见母亲漂亮的脸庞上露出欣慰的笑容,她才将目光移到别处。

她闭上了双眼,心中默默念道:

——谢谢您,妈妈!

那天实在太热,让人难以忍受,简直快喘不过气来了。小河毫无遮掩地暴露在炎炎夏日之下,河水随着灼热的阳光缓缓蒸发。美帆他们来到河边时,一丝风都没有,周围弥散着一股闷热的带有鱼腥味的水蒸气。

“片濑樱花学园”的孩子们一个个脱掉T恤、长裤或者裙子，只剩下里面的泳衣，争先恐后地跳入河中。一时间水花四溅，哗啦声起，酷热似乎也消退了几分。当然，这只是一瞬间的痛快而已。

“片濑樱花学园”约有150名学生，由于临近盂兰盆节，大部分孩子都回家乡去了，来这里游玩的只有三四十人。其中，最小的有三四岁，最大的却是高中生了。不过，幼童和高中生所占的人数并不多，绝大部分是小学生以及与美帆年龄相仿的初中生。

辅导员大哥哥和大姐姐相继跳入河中，他们一边享受着河水的清凉，一边照看着孩子们。美帆的父亲小柳俊彦今天难得穿着T恤和沙滩裤，也和儿子小柳正也一起下水了。

只有美帆独自一人坐在河边的大石上，远远望着大家在水中欢呼雀跃。

头一天晚上，美帆对母亲早苗说既然她不下水，她就不去了。早苗当时正在排练舞蹈，准备参加半个月后举行的年度汇报表演，她一反常态地说道：

“不要整天泡在书本里嘛，应该出去活动活动！”

接着，她故意激将女儿：

“就穿上次买的那件连衣裙去，多好看啊！”

那是件白底上印着紫色绣球花图案的无袖连衣裙，是美帆在博多的百货公司花了很长时间才挑中的。她非常喜欢。早苗似乎早已看透了女儿的心思，马上将一把漂亮的遮阳伞递给她——那是把缀着蕾丝花边的白色洋伞，也是美帆梦寐以求的心爱之物，她早就想拿来一用了。

“穿着那件连衣裙，再配上这把遮阳伞，嗬，大家肯定会被你迷倒，估计连游泳都顾不上了。”

这句话让美帆最终下了决心——跟父亲他们一起去片濑川河！

片濑川别名龙神川，是横穿片濑市城区中央的一条河流。它发源于遥远的英彦山，流经市区时水流平缓，但穿过市区进入山地后，水流却变得十分湍急。到了夏季，片濑川是垂钓香鱼的绝佳胜地。其实，香鱼逆流而上的那条河流才是它的干流，称为“本片濑”，而被称为“新片濑”的支流则在距市区一个小时车程的地方被一个水坝截了去路，从而形成一个水坝湖。

美帆他们要去的地方正是南片拦水坝所在的新片濑。水坝湖畔建造有漂亮的度假村，而碧波荡漾的湖面就是孩子们戏水的天堂。

意想不到的事情就发生在那天下午。

中午，孩子们脱下泳装，穿好衣服，在度假村里吃完了由学校配送的盒饭后，大多数同学去捉虫子或去浅水滩捞鱼，有几个同学在度假村的工作人员的带领下去坝上欣赏湖畔风光，只有十来个人又换上泳装，再次来到了河边。上小学三年级的小柳正也上午玩得还未尽兴，于是又跟着那群高年级的学生再次跳进河里游了起来。

起风了，阳光在下午终于变得柔和起来，美帆和其他人一起坐在青草郁郁的河边，享受河风的清凉。

午饭后小憩时，有的孩子一直在打闹，美帆也没能打个盹，现在，一阵困意袭来，她渐渐眯起了双眼。

“有人被水冲走了！”

一声大喊令美帆猛然惊醒。坐在旁边的父亲霍地一下站起身来，美帆也赶紧站了起来，朝父亲视线的方向往前看 一人们纷纷往宽阔的河滩上聚集。父亲朝那边跑去了，美帆也不假思索紧随其后。

她看到河滩上的人们开始往下游移动。

“谁被冲走了？”

辅导员哥哥大声问道。

“是小柳正也同学。”

有个小孩回答道。

跑在前面的父亲大叫一声：“啊！怎么可能？”

话音未落，他迈开腿拼命向前冲去。

父亲见到了辅导员，他们一同沿着岸边朝水坝湖的方向跑去，美帆也紧追其后。直到接近河滩的尽头处，他们看到了正也的身影。缓缓的河水流经此地刚好大转弯，变得十分湍急，正也小小的身躯就在河水中央时隐时现，随着激流上下浮沉。

身穿泳衣的辅导员从河水较浅的滩边下水了，然后迅速向水中走去。河水的深度似乎出乎他的意料，一下子就淹至他的胸口。于是，他没有顺着水流继续往前走，而是返身折回了岸边。

“不行啊，这水流也太急了。”

说完，他紧咬嘴唇，一副无可奈何的样子。

父亲沿着绿草丛生的河岸一边奔跑一边连声呼喊着儿子的名字。

“爸爸，快救救正也呀！”

惊恐而焦急的美帆在父亲背后大声地呼喊着，但父亲却徒有呼叫儿子名字之力。跟着父亲身后的美帆,跑了一段后发现弟弟正也的挣扎已经缓慢了——之前他还不停地伸手想要抓住水面上的小树枝,现在显然已经放弃了。

“爸爸,弟弟要淹死了!”

美帆悲痛地失声大哭。一起跑过来的几个大人也在岸边彷徨犹豫,他们只是满脸无奈地干瞪眼,望着在水中拼命挣扎却又随波逐流的弟弟小柳正也。河宽水急,一个年仅九岁的男孩就在众目睽睽之下开始下沉了。

说时迟,那时快,不知何时从后面冲过来一位少年,他奋力拨开围观人群的人墙,径直冲到一个较高的河堤上,接着以一个优美的姿势纵身跃入水中。

少年飞快地划着水,向正在下沉的正也游去。

岸上围观的人群顿时兴奋起来。

“优司,再靠左一点!”

一名辅导员双手拢成喇叭状,对少年大声叫喊着。于是,少年立刻调整方向往左方游。尽管是顺水流,但他的泳姿非常优美。

顷刻间,他一把拽住了正也,然后,用左臂从正也的背后圈住他的脖子,逆着水流开始朝大家所在的岸边游来。已经筋疲力尽的正也,任凭少年拽着他,一动不动,只是偶尔抬起头望一下越来越近的河岸。

可能是拖着正也的原因,这位名叫优司的游泳健将也越来越吃力,速度明显慢了下来。

“优司,马上就到了,坚持住啊!”

聚集在岸边的大人们纷纷为他鼓劲。

时间仿佛凝滞一般,少年终于抵达了岸边。

美帆清晰地看到了他的脸庞——果然是去年和她同班的同学仲间优司。

父亲跪在草地上,双手伸向浸在水中两米远的正也。优司用空着的右手抓住从河堤上伸出的树根以保持身体的平衡,然后将原来圈在正也脖子上的左手小心翼翼地移到他的腋下,一使劲,将正也的上半身托了起来。

这时,站在父亲身旁大气都不敢出的美帆,看到了优司上臂的肌肉迅速隆起,脸上微微泛起红晕。

父亲紧紧抓住儿子伸出来的手用力将他拉上了岸,河岸上立刻一片欢腾。

美帆只是匆匆扫了弟弟一眼,她的目光被少年英雄仲间优司所深深吸引，她目不转睛地盯着他。此时，仲间优司脸色苍白，嘴唇像雨天的蚯蚓般发紫，他怎么也拽不住辅导员向他伸出的手。

“优司，快抓住我的手！”

说话者好像是雅光哥。他是樱花学园里最受孩子们欢迎的辅导员，美帆很喜欢他和蔼亲切的雍容风度。

仲间优司抓住了雅光哥伸出的大手，同时松开抓着树根的右手，然后又抓住雅光哥的手臂。

“抓好了，我把你拉上来！千万别松手啊！”

说完，半蹲着的雅光哥就开始使劲往后仰着身体。

优司蹬着河堤的泥土慢慢往上爬着。

就在他快要爬上河堤时，他们握着的手突然松开了。“啊！”随着雅光哥一声惊呼，优司再次落入河中。

他向后仰面坠入河水时那一瞬间的眼神，给美帆的心中留下了一道深深的烙印——那是盯着美帆的深邃目光，还有他嘴角浮现的 丝笑容。

从此以后，美帆无数次地梦见仲间优司被急流冲走的那个画面。每次梦见，她都感觉内心有一股要凝固的冰冷。

二〇〇四年三月十七日

这对年轻的男女走出护理室,一股莫名的紧张感顿时席卷了外面所有的候诊病人。他们似乎觉察到了这种气氛,只好尴尬地站在候诊大厅摆满的长椅的前面。站了一阵,女人拉着男人在第一排的空长椅上坐下了,位置刚好在美帆座位的斜前方。当他们从美帆身边走过时,与美帆同排的几位候诊患者立刻站起身来。这两人似乎也察觉到了身后的动静,那女人回头瞥了一眼带着小孩迅速离开的年轻母亲,眼中并没有出现任何异样的神情——她似乎习惯了这种场面。

美帆微微低下头,悄悄窥视那两人。她没像其他人那样迅速起身离席。其实,坐在她身边的那位戴着口罩的中年男人和那位青年男子离开后,反倒让她感到安全,她松了一口气。至少眼前这对男女并没有患流行感冒。因为他们的出现让所有感染了流感病毒的患者都从自己身边消失了,美帆觉得庆幸,反倒要感谢这一男一女了。

她是昨晚开始发烧的，今天在老家睡了一天也没有退。眼下正值流感肆虐的季节，一旦感染了就后患无穷，即使是夜半时分也要赶来医院挂急诊。不过，从刚才的诊断来看，应该只是普通感冒。以防万一，她还要求进行唾液化验，现正等着化验结果出来。

明天下午要参加一个重要会议，务必搭乘上午的航班返回东京。无论如何不能将流感传染给眼下正忙的古市老师。于是，美帆主动提出做进一步的检查，不过，倘若因此而在医院感染了流感病毒，那可太得不偿失了。

美帆想，如果是普通感冒，喝点药，蒙头睡一晚早该退烧了，自己虽然已经过了而立之年，但平时身体素质还是很不错的啊。

哎，那男人身材真魁梧，虽然不是很高，但厚实的胸膛和粗壮的四肢却令他有近乎伟岸的感觉。料峭寒意中，他居然只穿着短裤和T恤。还有脖子上和手腕上挂着的黄灿灿、沉甸甸的金链子，一看就知是足金打造，价格不菲。论外表，给人的印象像是足球运动员抑或美式橄榄球选手、摔跤手；论气质，却与这些相距甚远——秃瓢，连眉毛也刮光了，二十五六的年龄——因为只能看到他皱着的侧脸，故无法评论他正面的长相。总之，很明显，不像一个规矩人。

男人左手的手指上缠着绷带。可能是疼痛的缘故,他不时发出与他健硕的身躯不协调的呻吟声,整张脸皱着可能也是这个原因。美帆原以为他是小拇指受伤,但定睛细看才发现是无名指。他的小拇指从第一关节往下都没了,刚才被厚厚的绷带所挡而没有看清。

随行的女人像是年龄不足二十岁,每当男人发出痛苦呻吟时,她就担心地探头张望,在他耳边轻声地安慰一番。少女染成金色的头发蓬乱着,色彩艳丽的碎花连衣裙下是一双纤细的长腿,裙子短得快露出大腿根部了。腿上的一件黑色西服外套随意搭放着,肩上的好像是 LV 的粉红色牛仔布包却让人觉得俗气。不过,她浓妆下的脸蛋十分精致,五官恰到好处地分布在巴掌大的瘦脸上,那双水灵灵的大眼睛尤其迷人。

这大概就是所谓的"美女与野兽"吧?美帆暗自感叹。

半个小时过去了,原来等候在这里近三十名的病人现已不到半数。

子夜已过,不可能再有新的病人出现了。

当急诊室入口处的对开自动门静悄悄打开时,所有候诊病人的视线全都集中在一位新来的不速之客身上。

进来的是一位男人。

他看到刚才的那对男女之后，就轻轻挥挥手走了过来。

身材魁梧的男人一看到他立刻从长椅上站了起来，身边的女人也赶紧起身。

他们两人都毕恭毕敬地伫立着，恭迎男人的到来。

深更半夜，窗外一片漆黑，来者却戴着一副反光镜片的墨镜。只见他一身深蓝色细条纹西装，雪白的衬衫，没有打领带。不像壮硕的男人那样秃头，而是理着平头。由于戴着墨镜，无法看清他的五官，但从瘦削的脸颊可以感受到他的精悍。黝黑的皮肤证明他是高尔夫球场的常客。匀称的体形和结实的线条，散发着一种独特的魅力。剪裁得体、做工精良的西装完美地贴合在身上，可以隐隐窥见他双臂和腿部的肌肉。仔细观察会发现，他脸不大，脖子却很粗，容易让人联想到食肉动物恐龙。

他们三人离开了长椅在一旁耳语起来，即便凝神谛听，美帆也很难听清楚他们交谈的内容。

“怎么能做这种蠢事呢?！身体发肤，受之父母啊。”

西装男用略微严厉的口吻说道。

“你为什么不立刻联系我，莉莉子?！”

一男一女都默默地垂下头，恭敬地听着西装男的训话。

“记住，下次再有这种事……”

壮硕男赶紧俯首鞠躬说道：“大哥，对不起。”西装男抱紧他的光头，然后安抚地拍拍他的后背，那个叫莉莉子的女孩则一副快要哭出声来的表情。

接着，他们三人以西装男为中心坐了下来。

西装男摘下了墨镜准备坐下。此时，他扫视一下四周，目光突然与坐于后排的美帆对视，脸上很快浮现出讶异的表情。美帆十分淡定，有点见怪不怪的味道——她在想，怪不得他要戴墨镜呢，这男人有一双女人一样的丹凤眼，目光清澈柔和，美帆甚至觉得，有着这样一双漂亮眼睛的男人实在不像是在黑社会混的。

走在大街上，美帆的回头率一直很高，无论到哪总有一些陌生男人投来色眯眯的目光，有的甚至是肆无忌惮。这些对她而言早已司空见惯，此时，她只不过是视线朝着西装男的方向而已，只能说是下意识地扫了对方一眼。

原以为西装男会凑上来搭讪，但他的目光只是在美帆身上停留了片刻旋即就转过身了。

不一会儿，美帆被叫进了诊室。

果然，她只是普通的感冒。

从护士手中接过药方单，美帆向取药窗口走去。好多年没来这家片濑市民医院了，如今面貌一新，改建得富丽堂皇。美帆要走过一段长长的通道才能到达位于新楼药房的夜间取药窗口。

取了药，美帆回到候诊大厅，发现那三个人已经离开了。

她松了一口气。同时，居然有一丝失落感。

交完费，她走到出口旁的公共电话亭叫出租车。她从三台并列的公用电话中选择了中间那台。她取下话筒贴近耳朵准备插入磁卡，蓦然，有人从背后拍了一下她的肩膀。

她猛然一惊，拿着话筒转回身。

西装男优雅地站在她的身后。

“美帆，好久不见了！”

仲间优司对她说道。

仲间优司带着美帆来到医院门口，见到了从洗手间出来的壮硕男他们，然后，对美帆说要送她回家。

一辆黑色的大奔驰停在医院的停车场上。美帆坐在副驾驶席等着优司坐进驾驶座。她颇感意外的是，原以为就此告别的壮硕男和莉莉子居然也一起钻进了车里。

“姐姐,不好意思啦。”

从倒车镜中,美帆看到光头向她鞠了一躬。他的名字像是叫研一什么的——刚才他恭敬地做过自我介绍:“研究的研,一二的一。”不过,美帆没搞清楚莉莉子的名字该怎么写,甚至怀疑这究竟是不是她的真名。

“莉莉子他们就住在附近。不好意思,我就自作主张先送他们回去了。”

坐在驾驶座上的优司一边发动引擎一边说道。

“嗯。”

美帆点点头。

虽说美帆与仲间优司是高中同班同学,但自从毕业后就没有来往,今天是学生时代后的第一次相会,准确地说,是时隔十八年的重逢。其间也曾听说仲间优司去了博多,加入了黑社会。如今亲眼看见,无论从外形还是衣着打扮抑或行为举止做派,地地道道的一副黑帮老大的模样啊。只有墨镜下的那双眼睛还保留着学生时代的清纯。

自己居然这样毫无戒备地坐上了这种男人的车,的确是欠考虑吧?不过美帆并没有感到不安。

刚才乍看到研一和莉莉子时,美帆就联想到了仲间优司。大概看见黑社会模样的人就会自然而然产生这种联想吧?美帆的这种第六感往往很灵验。

“身体哪儿不舒服?”

车启动后,优司开口问道。

“感冒而已,已经退烧了。”

的确,在不知不觉中,发烧和发冷的不适感已经消散了不少。

“还住在老松吧?”

“是的。”

美帆的家位于一个叫老松町的老式住宅区。从市中心的市民医院往南坐车约二十分钟就到。两岁多的时候,她随父母从东京搬到这里,之后就一直在这里长大成人。当然,她家的房子在十年前已经改建了。

优司默默地握着方向盘,缄默寡言的性格依然没变。

奔驰车从市政厅和警察署前飞驶而过,驶入了国道。路上车辆稀少,沿途只有便利店还亮着灯,柏油路上几乎看不到行人。

眼前的景象跟美帆自己在东京的住宅兼事务所附近的表参

道有几分相似。她不禁想到，自己原来就是在这样一个寂寞的小城里长到十八岁的。其实，她对故乡没有眷念之情。

后面的两人毫无顾忌地在说着什么。

“搞什么……搞！”

研一愤怒地嚷着。

“我从中午到现在粒米未进。”

“谁让你突然说要吃东西呢，家里也没什么可吃的。”

“怎么可能？总该有点什么吧？”

“真的什么也没有。冰箱是空的。”

不一会儿，研一将身体探到了前面。

“大哥，不好意思，能在前面的皇家酒店让我们下车吗？我快饿死了。”

“今天最好什么也别吃，早点回去睡觉。刚才不是打了止痛针吗？”优司说。

“可是，这么痛，根本睡不着啊！”

优司来后研一就不敢再乱哼哼了。但从他的痛苦表情看，疼痛并没有得到丝毫缓解，应该是痛得寝食难安，此时叫饿得慌反倒让人觉得难以置信。不过，如果从他魁伟身躯的角度考虑，似乎觉得也合乎情理。

“大哥,求求你啦。”

“既然他白天没吃什么,现在就让他吃点吧。”

美帆忍不住插嘴道。

优司专注地驾驶着车子,一言不发。突然,方向盘一转,车子驶进了左侧车道。

“姐姐,谢谢你了。”

人不可貌相,研一居然嘴很甜。莉莉子此时却悄无声息。

奔驰车驶进皇家酒店的停车场。

已经是凌晨一点多了,停车场上却还停着好多车。

优司开始倒车进停车位,研一慌忙说道:“大哥,我们在这里下车就行了。”

“那怎么行! 让你们自己去,肯定又该喝酒了。”

优司熄了火,拔出钥匙。

“小柳,不好意思,不能送你回家了,我去饭店给你叫辆出租车。”

“不! 我也要去吃点什么。”

美帆拒绝了。她自己都搞不清楚为什么。今晚与优司的邂逅,遽然勾动了湮没于炎凉世态底下的念旧之情,况且,今天她也没好好吃过一顿饭呢。

下车之后众人走向餐厅。研一的背影近在眼前，实在是壮得吓人，手臂足有美帆的大腿那么粗。莉莉子呢？回头一看，她居然站在车前纹丝未动，美帆又折回身走到她旁边。

“你不去吗？”

她向正注视着奔驰引擎盖的莉莉子问道。

“姐姐你看，光线真的好美哦。”

莉莉子的声音里透着沉醉。擦得一尘不染的车身反射着餐厅透过来的灯光，闪闪发亮。

“是啊，光线会让美的事物变得更美。”

莉莉子将视线转向美帆。

“姐姐，我第一次见到你这样漂亮的女人，还以为你是影星呢。”

美帆一如既往地露出一丝淡淡的笑容。

“你也很漂亮啊。”

“真的？”

莉莉子露出纯真的笑容。

“我们走吧。”

莉莉子点点头。抬头一看，优司他们已经在门口等候了。

三月十八日

“大哥,我可不可以吃烤肉?”

一进餐厅,研一的目光就盯着贴在地板上的“九十分钟自助餐,一千九百八十日元”的广告问。

“笨蛋!”

优司大声呵斥他。

四人被领到靠窗的座位,服务生看到研一左手上缠着绷带,脸上露出惊恐的表情。

研一要了份汉堡套餐,美帆点了份糖醋鳕鱼套餐,莉莉子点了份虾仁焗饭,优司只要了杯咖啡。

“小柳,你一直住在东京吗?”

优司的咖啡最先送到,他喝了一口问道。这时,他又戴上了墨镜。

“是啊。新年期间,因为在国外而没能回家乡来,所以这次抽空回来扫扫墓。”

“老师他们都还好吗?”

“我爸还好,现在熊本的一所大学任教,不过一个月有近一半时间在外校讲课。妈妈六年前因为胃癌做了一次手术,现在已经康复了。”

“哦,挺难受的吧?”

“幸亏发现得早,最后保留了三分之一的胃。”

美帆和优司并排坐着聊天。对面的莉莉子突然插嘴:

“刚才听说你们是同学,是高中还是初中啊?”

“初中,片濑东中。”

“美帆姐在樱花学园念过书?”

美帆窥了一眼优司,只见他脸上毫无表情。

“我没在樱花学园上过学。我爸爸是医生,我读初中时爸爸正好在片濑东中工作,我和仲间优司不仅同学,而且还很了解呢。”

美帆的父亲小柳俊彦是精神科医生,擅长治疗儿童精神疾病。他到学校工作五年无非是想增加一些与孩子们互动的经验。在小柳正也溺水事件发生后的第二年春天他返回了富冈大学。之后,从副教授晋升为教授并当了系主任。六年前退休了,现在熊本的一家私立大学担任副校长。

“原来如此啊。”

莉莉子陷于沉思。

短短的接触，莉莉子给美帆留下了聪颖机敏的印象。

料理端上来了，三人开始闷头吃饭。优司时而目不转睛看着研一大口吃着汉堡，时而又转头眺望窗外的灯火。研一用一只手十分别扭地使着叉子，另一只受伤的手则一会儿搁在桌上，一会儿放在腿上，不知怎样才好。生生剁掉无名指想必会疼痛异常，不过，从他现在狼吞虎咽的吃相来看，疼痛似乎已经过去了。

没有正眼看过美帆的研一，倒是不时窥视身旁的莉莉子——这种男人当今世上实在稀有——美帆似乎理解莉莉子和他交往的原因。

仲间优司以前也是如此。美帆和优司是进初中那年初识的。三月，在优司升入“片濑樱花学园”时，美帆在开学典礼上见过这位帅小伙。在四月樱花学园举办“赏樱祭”的活动中，随着父亲一同赏花的美帆与这位与她同岁的小伙终于搭上话了，不过，优司对美帆似乎有些冷淡。

后来他们俩居然被分配到同一班级，仲间优司对美帆的态度依然故我，不温不火。尽管只是一群刚上初一的孩子，班上男生不时也会对天生丽质的美帆投来热辣辣的目光，唯有优司例外。他一直寡言少语，喜欢独来独往。

弟弟溺水事件发生后，美帆就开始关注仲间优司的一举一动，没料到的是，初三时他突然转学了，直到高二时的一次偶然相遇才有了一次长聊。

至今，美帆对优司难以忘怀。

他是弟弟的救命恩人，不仅如此。

从雅光哥的手中滑落而跌入河中，优司从上游被冲到了几百米远的水坝附近。当他被人从水坝湖救起时已经不省人事，生命危在旦夕——水性很好的他没有溺水，而是全身冰凉，陷入了严重的低体温症状。只见他蜷缩着身体，瑟瑟的呼吸游丝一般似有若无，这是低体温症的典型症状。不过，从急救人员拉他的双手时他竟能够缩回的动作反应判断，似乎还有救。

当晚，美帆和父母亲一起探望了仲间优司。

美帆从雅光哥那儿得知他神志恢复的消息后，一家四口立刻赶往市民医院。走近病床才发现，面如槁木的优司虽然醒来，但意识并不很清楚。美帆永远忘不了母亲早苗当时抱着弟弟流着泪水连声向躺在床上的优司鞠躬致谢的情形。

第二天，暑期辅导班下课后美帆又急忙赶往医院。她走进昨晚来过的病房，发现只有优司一个人静静地躺着，陪护的人不知去哪儿了。美帆站在优司的床头久久地凝视——优司的脸色比昨晚增加了血色。

优司突然睁开了眼睛。

美帆吓了一跳，但她的目光没有移开。在学校，他们每次相遇都要打招呼的。

“昨天我来过。你知道吗？”

美帆轻轻问道。

优司睁大眼睛用力点点头。看到他的反应这么迅速，美帆不由得心头一热。

“仲间同学，真的很感谢你。”

美帆声音颤抖着。

仲间优司没有任何反应，依旧睁大着眼睛凝视着美帆的脸。

片刻，他干涩的嘴唇嗫嚅着，发出的声音却格外清晰：

“为了你，我可以随时去死。”

优司确实是这样说的，当时。

研一吃完了汉堡套餐，又把莉莉子没吃几口的焗饭扒得一干二净，意犹未尽地擦擦嘴后，嘟哝一句“大哥，我出去抽根烟”就拔腿出门了——他总算缓过劲来了。莉莉子仍在向优司不停地抱怨目前工作的那家店，他们对研一的举动没有在意，连美帆也都静静地坐在优司旁边聚精会神听着莉莉子发牢骚。

“每次见你都听你发牢骚，干脆回香澄那里算了。”

稍许，优司轻声嘀咕了一句。

“我再也不想去新町上班了。”

听到莉莉子赌气的话语，优司露出一丝苦笑。

“像你这样的女人，一旦习惯了中州的工作环境，早晚会从头到尾彻底堕落的。”

莉莉子在位于中州的一家名为“梦幻”的俱乐部里做小姐。美帆原以为她只十几岁，细问后才知她今年已二十三岁了。新町是位于片濑车站前的一条声色街，一年前她在新町一家名叫“光”的酒馆上班，那里的妈妈桑叫香澄，好像跟优司的关系很密切。

“我不会害你，你还是回香澄那里为好。研一这家伙，现在头脑一热说要认真工作，不留神谁知道他又会惹出什么乱子来。”

听到优司这样说，莉莉子沉默下来。

优司扫了眼腕表——一块劳力士金表。

“我们走吧。”

优司摘下墨镜,拿起账单站了起来。

莉莉子住在距离皇家酒店步行不到五分钟的一幢高级公寓里。一楼是 Lawson 便利店,公寓舒适漂亮。不过每天从这里去中州上班乘公交要一个小时,自驾车也要四十分钟,耗时费力是肯定的。

直到研一和莉莉子身影消失在公寓的玄关后,优司才发动车子。他们迅速驶入国道一路向南。沿这条路一直向南就可以到达老松。离开城镇不久,路灯也变得稀稀落落,国道上根本没有来往的车辆。

“你住在这一带吗?”

美帆望着黑漆漆的国道两边,漫不经心地问。

“嗯,快四年了。”

优司回答道。

以前听说他的江湖圈子在博多,难道他把黑社会的势力范围挪到片濑来了?

“住在哪儿?”

“新町。”

声音略显迟疑。

两人都沉默了,难堪的沉默。

十五分钟后,奔驰车抵达美帆老家的屋前。这里是片濑市最高级的住宅区,凌晨三点已过,整个小区都沉浸在酣睡之中,四周一片寂静。小柳家也算是这里的豪宅之一,十年前改建时将前后庭院打通连成一片,两层楼的主楼前开辟了一大片草坪。古樟树、橡树和樱花树在长明灯的照耀下投下一片片巨大的阴影。庭院一角有一张巨大的练习用高尔夫球网,它的后面就是美帆起居室的所在。

将车停稳在门前,优司为美帆解开安全带,说:

“实在抱歉,反而耽误了你的时间。”

美帆摇摇头,说:“谢谢你。”接着,伸手欲开车门。

“几天后,我要去东京住一段时间,可以联系你吗?”

优司声音暧昧地问道。

美帆从皮包的名片夹中抽出一张名片递给他。

“上面有我办公事务所兼住所的地址。”

优司手伸入西装内袋取出一沓名片。他一张张地翻看后又表情忧郁地放回了口袋。然后,从另一个口袋掏出一张纸片,飞快用笔写下了一串数字。

“这是我的电话号码。”

他把纸片递过来。

美帆接过纸片,说道:

“谢谢你送我回家。晚安。”

再次道谢后,美帆拉开了车门。

夜间寒冷的空气顿时从脚尖浸入体内。

奔驰车倒车,然后一头扎进茫茫夜色之中。

就这样,仲间优司再次从美帆的眼前消失。

就这样,两人并没有细聊就匆匆道别了。

三月十九日

头发冲洗干净后,美帆关上了花洒。

她擦干脸上的水,转身看着躺在浴缸里睡觉的黑川丈二。黑川丈二睡得正酣,花洒的水声停了后,居然能够听到他微微的鼾声。

窗外,万籁俱寂。

黑川丈二睡得很安稳。美帆家的大号浴缸对于身材高大魁梧的他来说仍嫌太狭小。只见他的两条长腿蜷曲着,膝盖露出水面,双手规规矩矩地放在左右两边的大腿上,这样却使他的双肩看起来像耸缩着一样。庞然大物一旦蜷缩起来,犹如婴儿一般,毫无攻击力。

美帆久久地看着黑川丈二。

最近他累坏了。

本来两人约好下班后到神乐坂的那家小餐馆吃饭的,他们是那家店的常客。美帆八点准时到了,等了半小时仍不见黑川丈二的踪影，最终，等来了他爽约的电话。无奈，美帆只好让老板娘把菜肴打了个包带回家。直到子夜时分黑川丈二才回来。他狼吞虎咽地吃完打包的盒饭后，居然性趣盎然起来，要干那事。

此时已是凌晨两点半。

明天美帆倒是可以因春分节气休假一天，但黑川丈二却不能，不仅不能休息，几小时后他就要乘早晨八点的新干线去大阪，陪同堀米干事长一起出差呢。

美帆担心黑川丈二体力不支而犹豫起来。但凡在美帆处留夜，丈二必定要尽鱼水之欢。所以，每当事毕，看到他熟睡的样子，美帆内心就会涌出一种莫名的内疚。

而且，黑川丈二有在浴室颠鸾倒凤的癖好。

他喜欢两人一起坐进浴缸，然后从后面抱住美帆，玩弄她的乳头或揉摸她的乳房，接着，就将手伸向她的大腿深处。此时的美帆，纵然之前在床上已经多次高潮，也会再度攀上快乐的巅峰。

即使分手七年后与美帆再次鸳梦重温，他这个习惯也丝毫没有变。

细细观察黑川丈二的身体，美帆不由得发出由衷的感叹——这家伙保养得真好，很显年轻。平常休假黑川丈二必定去打网球，尽管最近在时间上有点应接不暇，但他总会利用缝隙去健身房。身高一米八五的他，体重七十五公斤。胸围超过一百，腰部紧实而柔软；手臂、腿，胸部仍跟学生时代一样肌肉隆起，没有一丁点赘肉。美帆身高有一米六三，不算娇小型的，但被黑川丈二搂住时整个人都像被他裹进去了一般。一旦被他抱紧而无法动弹时，美帆就会完全放弃挣扎，甚至期待他对自己做点什么。美帆并不讨厌这样的自己。她喜欢被强壮的黑川丈二蹂躏身体后获得重生的感觉。在欢爱中失去，然后又在欢爱中重新得到。有时候，她甚至希望用这种方式永远保持年轻。

“丈二。”

她将脸贴近他轻轻叫了一声。

在弥漫着温暖蒸汽的浴室中，黑川丈二端正的脸庞依旧棱角分明，下巴和浓密的眉毛清晰可见，眼眸即使是紧闭的也显得很大。幼年时人们爱昵称他“阿丈”，总被大家说长得像力石彻（漫画《小拳王》中主角矢吹丈的对手）。细观之下，美帆发现他黑黑长发里夹杂着几根银丝。

黑川丈二的生日在十一月，美帆是十二月。年龄如此接近，可三十五岁的男人和三十五岁的女人不能同日而语啊，完全不在一个层面。

“阿丈。”

丈二终于睁开眼睛，目光凝滞地看着美帆。

看着他睡眼惺忪的呆傻表情，美帆不由得想起某位哲人的一句话：背叛过你的人，肯定会再次离你而去。

我就被这个男人狠狠地抛弃过。

“事到如今，再说这些也许你不会相信，七年来，我依然只爱你。”

两年前的秋天，刚从华盛顿回到日本的黑川丈二这样对她说。于是美帆又怦然心动，决定跟他和好——漫长的七年，偶然的重逢，以及现在仍没有男朋友的事实都足以让她说服自己，因为“很快就要成剩女了”。

不过，在接下来的一年半时间里，美帆既没有允诺黑川丈二的求婚，也没有采取任何避孕措施，她决定，什么时候怀孕了就什么时候答应他，一切交给老天安排——估计丈二也是这么想的。自己从二十岁的豆蔻年华就开始和眼前的这个男人交往，六年后在两人即将步入婚姻殿堂的前一刻却突然分手，经过了七年时间又鬼使神差再度合好，此时若想牵手终身，考验是必须的。

另一方面，美帆的直觉告诉她不会怀孕，冥冥之中她觉得自己无论怎么努力都不可能成为母亲。

扪心自问，究竟爱不爱黑川丈二呢？她不得不点头——即使分手后的七年里她也从未讨厌过他，不然，是不会跟他重修旧好的。但若再问，非黑川丈二不嫁吗？那也未必，她会犹豫。以前的她确实这样想——非他不嫁！对嫁给黑川丈二这事深信不疑，因此，对其他男人关闭了心扉——尽管这也令她内心不安，担心自己会不会成为黑川丈二的负担，会不会被他厌弃。

然而，这样的时光已经过去了。

“不好意思，我刚才睡着了。真的太舒服了。”说着，黑川丈二站起身来。当他从浴缸里走出来的时候，伴着巨大的哗哗水声，浴缸里的水溢出不少。

他魁伟壮硕的身躯一下遮满了美帆的视野。

男人不管哪儿都比女人大——无论是身体、声音、呼吸，还是脚步声和动作——只有心除外。当然，不管是爱、恨、嫉妒，还是憎怨、算计，女人都胜过男人。

这时，丈二蹲了下来，双手灵巧地把沐浴露搓出很多泡沫，抹在美帆丰腴的脊背上。宽大的手掌贴在背上,美帆切切实实感受到了男人的分量,心情不由得舒畅起来。

“以后,独自一人绝不能在浴缸里睡着啊。”

美帆一边低声嘱咐着,一边任凭黑川丈二摆弄自己的身体,“听说溺死在浴缸的人有不少呢……”虽然她不认为黑川丈二会死在浴室里,但一旦他死了会出现什么样的景况呢?自己肯定无依无靠,然后就发疯了吧?不过美帆也觉得,只要不发生这种悲剧,黑川丈二就不可能对自己的内心世界产生决定性的影响。

母亲早苗曾说过:“男人的生命力其实很脆弱。他们只是女人用来生孩子,用来养活自己的工具而已。男人真的很好用,只要方法得当,他们什么都肯为你做。不过,眼下有很多女孩说什么也不愿依靠男人,要自食其力,自我奋斗云云,这实在是愚蠢至极。这不等于要在没有汽车、没有空调、没有冰箱、没有吸尘器的世界里过原始人一样的生活吗?放着眼前这么好的工具不利用怎么说也是极大的浪费啊。”

黑川丈二用花洒仔细地为美帆冲洗掉沐浴露。然后取过毛巾为她擦拭干净。美帆仍是一动不动地任凭他摆布。

同时,美帆又不无遗憾地想:无论他怎么殷勤,自己的心已经没法回到以前了。

早晨六点，美帆起床开始忙碌早餐。

七点叫醒了黑川丈二，然后催促他洗漱、更衣。

一会儿，他来到了餐桌边。

早餐有新做的米饭，豆腐烤香葱的味噌汤、鲑鱼片，加了海苔和秋葵丝的纳豆，另外还有自制的黄瓜、胡萝卜等腌菜。虽然简单，黑川丈二却连吃了两大碗米饭。

因为工作的关系美帆擅长料理。眼下，食材和调味料的种类十分丰富，若全以市价购买价格肯定不菲，但美帆作为资深的美食作家，往往能享受半价甚至更高的优惠。所以，她在选择食材或调味品时一律精选高档货品，不仅如此，连厨具和餐具也是极其讲究，全挑高级精致的。

一桌好菜能留住男人的胃，拴住男人的心。因为他们不愿下厨，觉得做饭是一件很麻烦的事，因此也会对代劳的女人感激不尽。其实，做饭很简单，只要掌握基本功和步骤，谁都能轻松地做一桌好料理。

比如：腌制时稍加点醋，肉质就会变得柔软；用烤箱能成功地做出美味煎蛋；烤鱼时一定要先把煤气炉的烤架加热，然后再放鱼；煮青背鱼时加点红腐乳汁能去除腥味；青菜不需要用水焯，直接蒸更好吃；只要在面饼的中间按一按，就能煎出好吃的汉堡。一些美食书的广告经常说："稍下功夫，就能做出美味佳肴。"美帆在自己的著作中绝不写这种话，下点功夫是做菜的基本，但只要掌握以上这些，根本就不费功夫。

早餐完毕，黑川丈二站了起来。在玄关换好鞋正欲出门的他突然转过身来盯着美帆，一脸严肃地说：

"下次来，我有件事要告诉你，很重要的事。"

美帆点头"嗯"了一声。究竟是什么重要的事要等到下次来再说呢？她感到好奇。看他现在着急赶火车的样子，也不好追着问呀。

"我走了。"

言毕，黑川丈二意气风发地出了门。

送走黑川丈二，美帆开始收拾房间和洗衣服，耳边又响起他刚才的那句话。这家伙，还卖关子呢，到底有什么重要的事啊？猜不出来。结婚的事？他常有一搭无一搭地挂在嘴上，也没什么好商量的啊。

会不会是要换工作的事呢？大学二年级与黑川丈二相识时，记得他是想当律师。当时他只是东京大学法学院二年级学生,已经开始准备司法考试了。大四那年秋天他如愿地通过了考试,毕业后一帆风顺地进入了司法界。然而,就在司法研究所实习的第二年,黑川丈二突然决定放弃法律专业,不干了。这个举动让美帆大吃一惊。他义无反顾地终止了实习而参加了共同社的考试,第二年四月正式成为一名新闻记者。

即便中途改弦更张,现在再回来做律师也无可厚非,无须大惊小怪。不过从他现在的状态看,似乎没有这种迹象——他对眼下的工作很满意。刚从华盛顿回来的那会儿曾抱怨在美国逗留时间短了,后因为能够回到以前工作的政治报道部,而且,去美国之前与他私交不错的堀米顺造又担任了执政党的干事长,所以他的心情由阴转晴。据说曾写过几篇独家报道,去年甚至还被推举为新闻协会奖的候选人呢。

绞尽脑汁也理不出头绪的美帆干脆不去想了。从他出门时严肃的表情看应该不是坏事。男人们每每遇到开心的事或是事业取得成就的时候,往往一脸严肃,装模作样,故弄玄虚。不论多大岁数的男人,都无法改掉这些孩子气的毛病。

其实,美帆如果想知道,只要追上他一起走一段路就可以达到目的。或是在出租车上央求他,他肯定说出来。以前美帆每次都要送他到东京车站,现在最多只是早起为他准备早餐而已。

或许是交往的时间过于漫长使然吧？与黑川丈二交往的历史中,中间分离的那七年像寒冬时冻结的一块巨冰,沉甸甸地压在美帆心中,至今没有消融。

五月十八日

他宽阔的后背匍匐着一条巨大的龙，在灯光下隐隐发出蓝黑色的幽光。

巨大的龙头位于左侧腹，右前脚的三根钩爪中握着一个粉色的球悬在龙头上面，恰巧在肩胛骨的中央闪闪发亮。粗壮的龙身爬向脖颈，左前脚用力踩在右肩胛骨上面，龙身沿着脊背往下垂，然后在脊柱的中央盘了一圈，带着血色的鲜红腹部突然变成了覆盖着蓝黑色鳞片的龙脊。

龙的下半身蜿蜒在他的腰部，而带着尾鳍、仿若利刃的龙尾一直延伸向他的右臀部。

真像一条活生生的猛龙，似乎随时都会张开血盆大口喷出一个巨大的火球。龙充满凶狠的目光直直地盯着美帆，后腿的十根利爪伸张着，像在等待时机扑过来。

没有想象中的那么可怕。

美帆觉得这条龙美得令人惊奇。

美帆感到下体似乎有一股电流穿过,令她久久无法动弹。不知不觉中她伸出了右手。

“你可以摸摸。”

优司突然说。难道他透过龙的眼睛看透了美帆的内心?

美帆战战兢兢地摸向他背部染成红色的龙腹部位,然后手掌缓缓移向左侧的龙头。优司的肌肤如女人一般细腻,而且很凉,当美帆的纤手摸上去时,龙前脚握着的球似乎更加鲜艳。

“好漂亮。”

美帆情不自禁地感叹道。

“你第一次这么近距离地看这种东西吧?”

优司含笑说。

“是啊。”

美帆坦率地点点头。

然后她伸出左手渐渐大胆地抚摸着整条龙。

“有点痒痒。”

即便如此,优司还是静静地任凭美帆抚摸。他的裤子已经脱到了股沟的位置。左右两边紧实的臀肉上雕着龙的左后脚和龙尾。

美帆犹豫着已经摸到龙尾的手是否继续往下伸。

“可以了吧?”

五分钟后,优司问道。

“谢谢你。”

美帆这才把手缩了回来。

优司穿好裤子,然后拿起扔在床上的上衣套在身上。或许因为文身,这套蓝色睡衣使他看起来像个囚犯。

“因为背上文了这个东西,所以只能住单人病房。”

优司今天话多。

独自一人在陌生的东京住进医院,如他所说,他感到寂寞。

美帆昨天才收到优司寄的明信片。今天问他才知道他三月份就住进了这家医院,在这儿已经超过一个半月了。

三月份在片濑市邂逅时,他曾说过要到东京住一段,还问可不可以联络她,之后就杳无音讯了。尽管美帆不是在刻意等他的电话,但时常想起这件事也觉得纳闷。因为美帆确信优司不会和自己开玩笑。

从昨天的明信片中,美帆了解了大致情况。

前略

之前在那种地方见面,耽误了送你回家,真是抱歉。我目前在东京,正在信浓町的庆应医院住院,切除了一个因旧伤复发而导致功能坏死的肾脏。我还会在这儿住上一段时间。如方便来探望一下吧。不过,来时千万不要带礼品或礼金之类。

仲间优司

2004 年 5 月 15 日

美帆万万没想到他来东京是做手术的,何况还是摘除肾脏这样的大手术。

美帆立刻赶到医院。

优司在新楼七层的一个单人病房,面积不大,但沙发、冰箱一应俱全。他专程到庆应医院来做手术这件事已经让人吃惊了,而住单人病房则更令人感到意外。一进病房美帆就立刻问:“术后恢复得怎样?”

优司莞尔一笑,回答的第一句话是:

“不好意思,我太寂寞了。”

“那就不要住单人病房,住大病房嘛。”

美帆环视着病房说道。

“不行啊。”

这样,他才面带羞涩地告诉了美帆他背上有刺青。

两人一起去了十一楼的旋转餐厅。

一个月前的手术,现在伤口也应愈合得差不多了,只是需要观察另一个肾脏的功能是否正常。优司说:“下周应该就能出院了。”他的气色红润,胃口也很好。恰好是午饭时间,两个人坐下共进午餐,他很快将姜汁猪排套餐吃得一干二净。

“吃这么油腻的东西行吗?”

“没问题。一个肾脏足够了。医生说在出院之前尽量按正常饮食。”

美帆把自己的三明治也分给他,他照样吃了个罄尽。

“正常饮食后如果肾脏也没出问题,就能出院了。”

优司摘除的是右边的肾脏,一年前出现了肾功能不全。

“如果只是不能正常发挥功能倒也无所谓,但没想到它在肚子里坏掉了。”

“坏掉”这个词或许过分,但那个坏死的肾脏令他的下腹部经常隐隐作痛,甚至出现血尿。

美帆装作漫不经心地问道:“你在明信片上说是旧伤,这是什么时候的事呢?”

优司的回答完全出乎她的意料。

“在博多的时候，一场帮派之间的打斗中我被对方用匕首捅了腹部，流血不止，差点当场挂了。没想到，在活下来的五年多的时间里它还是不放过我。”

一席话让美帆不由得倒吸一口凉气。

黑帮之间的火并，其间一人身负重伤险些送命，当地媒体一定大肆报道过。

“五年前的什么时候？”

好一会儿，美帆才缓过劲来，问道。

“1999 年年底。很多医院都借故说医护人员不足人手不够什么的，把我像皮球一样踢来踢去。我们这些下层社会的草民真是太悲惨了。”

原来如此。

美帆暗想 1999 年 1 月，她辞去出版社的工作回到了片濑，后半年去英国留学了。所以一直不知道曾在优司身上发生过的这件事。

优司若无其事地说着，目光平静地看着窗外。

庆应医院位于信浓町车站旁，人口稠密繁华，花草树木稀疏。赤坂御用地、神宫外苑、新宿御苑等的大片草坪在东京都内都是屈指可数，弥足珍贵的。因为季节的原因，外苑和御所现在正是一片绿意盎然。

美帆看着优司的侧影暗自思忖——如果继续这样殴来杀去地黑吃黑，早晚一天他会暴尸街头。这时，她脑海里突然浮现刚刚看到的那条龙的刺青——万一优司死了，那条漂亮的龙也会一起死吗？或是那条龙终于得以解脱，可以腾云升天了呢？

小学五年级时，美帆在九州大学医院去除了右腿上的胎记并把腹部的皮肤移植到了大腿上；高中时她想在原来的胎记的位置文个刺青——跟原来的红色胎记大小、形状、颜色完全相同的刺青；到东京读大学时这种念想越发强烈，曾认真地考虑过是否要去刺青师那里咨询一下。

优司说他第一次文身是在二十岁。乍听这句话美帆不由得一惊，自己不也是在同一时间想过同样的事吗？

“难道不能在博多的医院做手术吗？”

咖啡端上来的时候，美帆好奇地问。

“基于某种原因，我决定不再踏入博多一步。”

“啊……？”

“是的。”

他没有说出具体的原因。

“为什么选择这家医院呢？”

“是市民医院的医生介绍的。”

“哦。”

美帆点点头。

她心中仍是一团团疑云，但不打算刨根究底了。虽说是对方主动寄来明信片邀请她，但美帆对自己跟一个黑社会成员亲密聊天的行为仍感到有些诡异。不过，平心而论，和优司在一起丝毫没有尴尬或者恐惧的感觉。

“出院时我请你吃饭，以表庆贺。”

明信片上说了不要带礼物，所以美帆今天是空手来的。为此，她这样提议道。

“好啊。”

仲间优司坦然地接受了邀请。

五月二十七日

黑川丈二绝对属于天之骄子。

美帆是在二十岁生日那天和他认识的。美帆生日是 12 月 24 日，恰好是平安夜。现在，距 1989 年的平安夜的第一次约会已经过去十五年了。当时，黑川丈二在东京大学读二年级，美帆在御茶水女子大学国文系读二年级。东大、御茶水以及日本女子大学共同组建有一个联合网球社团，两个人都是社团的成员。

美帆第一次见到黑川丈二就被他的翩翩风度所吸引。日后，两人谈及此事时才发现黑川丈二对她也是一见钟情。对于大美女美帆来说，受到男生的青睐追捧早已习以为常，仿若家常便饭。只有她自己的感受、自己是否动心才是事态能否有进展的关键。

美帆用了一年半的时间对黑川丈二进行仔细观察，试图通过研究他的态度、言行和气质来探究自己为何被他吸引的原因。黑川丈二的母亲是奈良某大型建筑公司老板的情妇，他是他们俩的私生子,美帆得知这事后似乎找到了答案,心中的天平开始倾斜。

初中三年级时,黑川丈二父亲的原配去世,黑川丈二才随着身为情妇的母亲一起搬进了黑川家。当丈二说出这件秘而不宣的事后,美帆终于明白自己为什么会选择他了。

在春天举办的全国小学生 IQ 测验大赛中,五年级的黑川丈二荣获冠军。这意味着在日本全国十一岁的少男少女中他的智商最高。

“上课时,只要稍微听听,我就能够轻松搞定作业,这在别的同学看来简直不可思议。和朋友谈事时,只要对方一开口我就猜到了他的意图。还有,我总觉得他们反应很愚钝,我自己根本就不用去听课或复习,仅凭直觉就能完全弄通功课的内容。当我看到一些重大发明的作者都是年轻人时,就一下恍然大悟了。我就是有特异功能的天才啊。”

相识没几天,黑川丈二就自诩是大才,是天之骄子。“我是私生子,所以我聪明。如不这样鼓励自己根本活不下去。”他笑着说。作为董事长的父亲有权有势,但他对于作为情妇的母亲却异常苛刻。他们母子俩在原配去世之前住在奈良市内的某个小公寓里,母亲一直在青果市场工作。

黑川丈二的母亲是朝鲜裔。

“我爸常说,情妇的儿子凡事要低调。我妈对他言听计从,但我讨厌他。在他的原配妻子死后才让我们搬进他家,我才有机会见到自己的生身父亲。总之,他的意思是要我勇敢面对上天安排的所有不幸,也是为我好。他经常对我妈说:‘这小家伙太聪明了,得让他多吃点苦头才行。’直到念大学时妈妈才把这些话告诉我。”

黑川丈二从大阪出差回来了。

他对美帆说,他要在奈良选区参加七月份的参议院议员选举。

原来,这就是他要商量的那件重要事情啊!他还说此行去大阪的真正目的是为了在堀米干事长和奈良县党部干部协商的场合露个面,混个脸熟。

这番话令美帆颇感突兀,除难以置信外内心也有不小震撼。黑川丈二可是从未说过要投身政界啊。可她转念一想,在政界寻求发展也无可厚非,顺理成章。天生聪颖才思敏捷的他,对自己的出身却深感到自卑,这样的人或许就是政治家的最佳人选吧。他恐怕也在做着领袖的梦吧?他曾说过,离开律师行业就是因为发现制定规则的人远比执法者在社会中更占据优势。当初他选择做律师而没有选择进入政界，完全是受父亲的影响——年轻时就依赖组织机构的人将来难成大器。那么，跨入新闻传媒界的最终目的就是寻找今天这样的机会——作为政治部的记者能够频繁与政党人士建立联系，为日后从政打下一个很好的基础。

"难道你不想成为政治家的妻子吗？"

这么一问美帆倒有点懵了，不知该如何回答。她对政治毫无兴趣，从来都不关心，更无法想象会跟一名从政的人士结婚。

"你能当选吗？"

美帆反问道。

"奈良是单一选区，只要能代表自民党参选，应该没问题。"

说完，黑川丈二向美帆详细介绍了奈良选区的局势，美帆听得如坠云里雾里，完全找不到北。

"如果我决定参选，必须明确和你的关系。要么赶快结婚，或者先订婚也可，总之，不能这样暧昧。"

听罢美帆大吃一惊。

"这和我有什么关系？"

"当然有关系了。参加选举的候选人，私生活情况是要向选民交代的，当选之后更是如此。”

黑川丈二的表情似乎更惊讶。

“原来这样啊。”

美帆含糊其词，内心却感不悦——自己被当成他选举的一枚棋子了。

两个月后。

候选人名单即将公布。而黑川丈二参选的局面突然变得诡异起来。

根据自民党的决定，参议院比例区内的议员年届七十岁就应该退休。本党在此选区的现任议员已经连任了三届，历时十八年，退休已是板上钉钉。于是，在堀米干事长的斡旋下，黑川丈二被推举为继任的候选人，县党部对于黑川丈二获得候选人提名这件事也不持异议。然而就在上周，即将引退的现任议员的女婿——一位在经济产业局担任课长的人突然提出要参选，这个半路杀出来的程咬金导致县党部分裂成了堀米派和现任议员派，原定于下周公布的候选人名单也只好延期了。

黑川丈二原本打算候选人名单一公布就辞去现在的工作，

专心参选，并且已向单位领导表示了跳槽的意思。现在突生变故，弄得他无路可退，十分尴尬。连日来，他情绪低落动辄发火。

深夜十二点，黑川文二敲开美帆住所的房门时，已经是酩酊大醉，酒气熏天。

“听说水上那家伙直接跑到首相那里哭诉去了。”

黑川丈二脱下外套，解开领带，一屁股坐在客厅的沙发上，一口气喝干了美帆递过来的水，然后，开始骂骂咧咧起来。美帆知道水上就是那个即将退休的议员，但并不理解找首相哭诉是什么意思。

“我想知道首相是什么态度，可是费尽心机打听也没有得到任何消息。堀米干事长对我的态度好像也变得暧昧起来。”

说完，他发出一声长叹，神情沮丧地嘟囔了一句：

“搞不好，我就完了。

“接下来会出现什么事呢？越来越看不清了。”

他继续自言自语地嘟囔道。

他曾说过，如果得不到该党派的正式候选人提名他就不去参选。

“你饿吗？”

美帆接过他手中的空杯，望着他涨得通红的脸问道。

“都怪你不明确答复我。”

黑川丈二没有回答，而是目光冷漠地盯着站在眼前的美帆，冒出一句这样的埋怨话：

“我根本搞不懂你是怎么想的。”

最近，他一喝酒就对她大声嚷嚷。

“我不是说过了吗？等你正式参选时，我会认真考虑这件事的。是因为你说要参选，大家才需要把彼此的关系讲清楚的。”

美帆不想跟醉鬼纠缠不清，她语气尽量缓和。

“我不想和你讲大道理，我只说过程。”

“过程？”

“所谓的政治，就是一个过程。不仅是选举，所有关系胜负的事过程都十分重要。顺利的时候一切都顺，不顺的时候，些微小事也会成为巨大的障碍。”

“你的意思是，我，成了你的障碍？”

面对美帆的诘问，丈二没有回答。

“你是说，我要不立刻跟你结婚，你就得不到提名了？”

美帆决不善罢甘休，接二连三地追问道。

“我可没这么说。”

黑川丈二有些招架不住。

美帆拿着玻璃杯走进厨房，她拧开水龙头冲着杯子——在等待心情平静下来。须臾，她返回客厅。

“既然如此，那我们就马上结婚。我知道这次的事对你很重要。明天我们就去区政厅领结婚证。”

美帆说道。

显然有赌气的味道，但也有一半是认真的。她直觉这种安排或许是他俩缘分的一个结局，说不定也是个契机。

丈二坐在沙发上，眼神冷漠地注视着美帆。

“你是个讨厌的女人。”

他低声骂了一句。

美帆无法装聋作哑了。

“你说什么？什么意思！”

“我还想问你呢！‘既然如此’是什么意思？你是因为‘既然如此’才不得不跟我结婚的吗？”

“是你先责怪我的，诸事不顺好像都是我造成的。我从没想过要成为你人生的绊脚石！”

丈二的脸上露出一丝讥笑。

“其实我心里都清楚，你根本就不爱我。甚至可以说是恨我。你对我九年前离开你的那件事耿耿于怀，至今都不肯原谅。”

他此时此刻为什么扯出这些？美帆内心起伏不平。是想博取同情，还是请求原谅呢？抑或只是想大吵一架？

美帆压制住胸中怒火，努力让自己平静下来——跟个醉鬼吵架是讲不清道理的。何况他说的也是事实，自己并不是不爱他，只是不会像以前那样爱他罢了。

一年又一年，美帆心中要诉说、要辩解的千言万语已经编织成一块硕大的布，此时，突然在眼前展现，美帆犹如在观赏一幅画。

……是啊，你背叛了我，你抛弃了我，我彻夜难眠，陷入长久的冥思苦想之中，好几天、好几十天，甚至好几百天。

我究竟做错了什么？

我究竟哪儿不合你意？

你究竟想让我怎么做？

左思右想找不到答案。确实，大学毕业走向社会，我们无法像学生时代那样随心所欲待在一起一天又一天地消磨时光。生活节奏越来越不合拍，加上初到东京，浮踪浪迹，宿所无定，为生活的奔波多了，两人之间的温情少了，即便如此，我仍是真心真意地爱着你啊，你是我心中比生命更为重要的珍宝。

那时，我要相信一个人，也希望对方信任我。在茫茫人海中我选择了你，与你相识，与你相爱，将一生托付与你，是因为我们是同类啊，只有我能真真切切地理解你儿时所承受的痛苦。

……我的心灵深处在发誓，我绝不会背叛你。

而且坚信，你也不会背叛我。

是我爱得不够吗？还是不懂得该怎么去爱你？抑或是我太爱你让你感到沉重了？

你了解我当时的痛苦吗？我已不再是我，在我的内心深处，一直充斥着那份丑陋的感情和厌恶感。我甚至忘了吃饭、睡觉和微笑。我想掐死自己，以后我不会相信任何人包括我自己……可是，人生的路怎么越走越窄，我该怎样活下去呢？

这种彻骨的痛你是不能体会的。

无论怎么向你道歉都无济于事。在彻底了解我的痛苦之前，你绝对意识不到当初你对我的伤害有多深。

我只是被别的女人勾引了一下而已，我只是想尝试一下别样的性爱味道而已，况且我还年轻啊，男人不都这样吗？你却大惊小怪，是因为自己漂亮出众而一直坚持那点可怜的自尊心吗？你应该成熟些，学着容忍男人的出轨，这是好女人的本事。我是犯了错，然而，因为我的一次出轨就大发脾气、纠缠不休的你，是不是也有问题呢？是你太缺少爱了。

直到现在你都是这样想的吧？其实你根本不知道，我是多么爱你，你也不知道，当初的我是怀着怎样的心情跟你分手的。

是啊，直到现在你都不知道。

不知什么时候，黑川丈二像一堵墙似的立在美帆面前。美帆刚一抬头，丈二一把搂住她，拥着她进了卧室，把她推倒在床上，急促而慌乱扯着她的衣服。床罩都来不及掀开的床上，美帆大叫着“不要！”“别……”，身体却是欲拒还迎。黑川丈二感到亢奋，更加用力地摁住美帆。这种行为如同强暴，却又与强暴完全相反。

黑川丈二庞大的身躯压了下来，美帆张开双臂紧紧搂住他的腰背，尖尖的指甲毫不留情地掐进了他的皮肤里。

他是一个可怜的人——美帆内心深处突然撩拨出这个念头。这种想法令她情致燃烧起来，一阵酥麻的快感顿时贯透全身。

可是……

这个男人真的可怜吗？

五月二十八日

优司推开“米久”古香古色的玻璃门,走了出去,然后,胸有成竹地向右拐去。

来时,是在反方向的路边问出租车司机才找到这家餐厅的,现在他充满自信地悠然前行,不知道他究竟是否真的弄清了方向。但他喝醉了是事实。

“嗯,好久没有这样痛快地喝酒了。”

他扭动着脖子,说。

在店里看他是满脸通红,走到街上在路灯映照下似乎又不红了。

刚才,他们在宽敞的日式房间里与餐厅的其他众多宾客一样,饱餐了著名的浅草牛肉火锅。优司喝了三瓶啤酒和近五盅的日本酒,美帆只喝了两杯啤酒,所以她脸上没出现酒色。

“今天喝多了吧?”

美帆走近他身边。

“真好喝。”

优司自顾自地点点头。

“恐怕你在住院期间也没敢喝酒吧?”

他转头看着身边的美帆哧地笑了。笑声流露出似有难言之隐。

“我已经五年滴酒未沾。”

“啊?”

美帆不由得停下脚步。

“真的?”

“现在,那瓣坏死的肾脏被摘除了,从此我也就解禁了。”

优司笑声更大起来,露出憨憨的神情。

“真的啊。”

美帆有些惊愕。吃饭的时候他从未提起此事,聊的全是食物和酒的话题。两人单独吃饭这是头一回。

“你怎么喜欢上喝酒呢?”

席间,美帆这样问他时,优司不假思索地答道:

“不喝酒我就不会笑。

“你是应该知道的,从小我就没有什么值得一笑的事。当我意识到的时候已经不会笑了。学会喝酒后发现,只有在酩酊大醉后才会放松,才敢说个笑话开个玩笑,也能笑得出来。所以,于我而言酒是我的恩人。"

美帆静静地听着。

"说这些让你很伤感吧?"

优司笑了笑,然后举起酒杯,仰脖一饮而尽。

"五年没沾酒,一下子喝这么多没事儿吧?"

美帆问着,再次迈开脚步。

"不会有事儿。"

"刚才你的脸好红啊。"

"现在好多了吧?"

优司突然把脸凑了过来,顿时一股酒气向美帆扑来,美帆不由自主地往后退了一步。路灯映照下的优司,脸色竟然显不出一丝酒色。其实,优司喝酒时并不喧闹,话也不多,只能从他的表情和动作中窥见他的喜悦心情。对他的这种变化,美帆感到很意外,也觉得妙趣横生。

两人肩并肩悠闲地走在葫芦道上。星期五的夜晚,商店街人流如织,热闹非凡,再往前,就是六区电影街吧?

优司前天打来电话告知第二天出院,于是,美帆发出了一起吃个饭的邀请。因她当天手头还有工作,于是想约在今天晚上。优司说,出院后会先在东京的一位朋友那里小住一阵,故随时可以赴约。

“你想吃什么?”

美帆问道。

“我想吃肉。再加上酒就够了。”

优司回答。这样直率的回答让美帆不禁想起了他那刺着一条龙的宽阔的后背。

思考再三,决定去“米久”餐厅。因为她觉得跟优司这种在黑道混的人一起吃饭在奈良一带合适些。

两人穿过拱廊时,几个站在那抽烟的男人不时向美帆的身体投来按捺不住的目光。美帆并不在意,从少女时代起她就遭遇这样的目光,已经司空见惯。不过,今天与往常迥然不同——以往她独自一人出行或是跟黑川丈二一起的场合,过往的男人们向她投来的色眯眯目光十分放肆,直奔主题,恨不得用眼光将她的衣服剥光。而今天的情景似乎有所收敛,大多数人只是稍稍瞟一下就慌忙移开了。

一种莫名的自豪感在美帆心中油然而生。

她对路人的那种直愣愣的色情目光深恶痛绝——我又不是

女影星，也不是模特，更不是艺妓或女主播，你们瞧什么呀？没见过就去见你妈见你妹——如果有地方能接受这类投诉，她一定会去的。

身旁的优司步履悠闲，十分放松，一副地道的食客神情。即便如此，全身上下仍隐隐散发着令人生畏的凶猛的气息。他的身高应该超过一米七五，虽然比黑川丈二稍矮点，但也是体格魁梧，双目炯然——美帆眼前陡然浮现出念高中时的一次邂逅，他肩上搭着用带子绑起来的柔道服，身姿潇洒，颇有江湖味道。因此，坐下后她仍没有拂去眼前浮现的往事，问他："你还在练柔道吗？""在那之后我就退出了。"他笑着说。

对于黑川丈二，美帆用尽心思也想不出用什么动物来形容他；而对于优司，她的直觉却很清晰——宛如一只豹子。对！配上他那张古铜色的凶悍的脸，简直就是一只完美的黑豹。如果能够驯服他，就是一件既可靠又非常好用的工具哦。

他们随意逛着两边的商店，走了人约一百五十米，来到葫芦路的路口时，仲间优司停下了脚步。

他站在一家撑着绿色遮阳棚的居酒屋前面，招牌上写着"大众酒藏"。

优司默不作声地走进店内，美帆也跟了进去。时间可能刚过八点，他们到“米久”的时候刚好五点。

优司点了日本酒和这家店的招牌菜炖牛筋。美帆只点了杯乌龙茶。店里人满为患。

两人分别端起酒和乌龙茶干了杯。

“五年前，有一次我喝醉时被人捅过一刀。之前，因帮派之间对一件物品的拍卖事宜而结下了仇，双方在大半年时间里一直殴来杀去，冲突不断。那天晚上，我从中州的一家会所出来，醉醺醺地走向停车场，打开车门正准备上车时，突然遭到了对手的袭击。这家会所我是常客，门径谙熟，那家伙躲在停车场的黑暗中，见到我后冲了出来。我一看就知道他是个新手，第一刀我轻松地闪了过去。当我们近距离对视时，我发现他是个愣孩子，双手紧握匕首，脸色苍白，恐惧令他全身抖抖索索。我根本没把这毛孩子放在眼里，但是酒精的作用却令我身不由己，反应迟钝。当他再次冲过来时，我以为避开了，其实被刺中了，当时只是感觉到一股凉气突进了下腹部——酒喝多了神经也麻木了，流了很多血，听说在手术室抢救时，心脏停了两次。”

优司端起酒杯慢慢抿了一口，神情淡淡地说道。

“之后我就戒了酒，也戒了毒。至少死的时候，我想让自己是清醒的。”

说完，他停顿了一下。

“有人说我装酷，其实我是害怕被人再次追杀。这种恐惧让我吓得连酒都不敢喝，一喝酒我就会条件反射一般心情忧郁，感到恐惧，浑身直冒冷汗。”

说着，他脸上露出开心的笑容。

“那……现在没事儿了？”

他说的事是真的，还是开玩笑呢？美帆一头雾水。

“早就没事儿了。现在哪怕喝得酩酊大醉也不会产生恐惧心理。”

说着，又大笑起来。笑得有些莫名。

优司就这样悠闲地说着、喝着，直到酒杯见底而又斟满后，才开始回答美帆的提问。

初三时优司转学了，是因为在福冈的叔叔要把他接过去住。此后，除了听到他在博多加入了黑帮的消息外，美帆对他的情况一无所知。

“仲间君，你为什么突然不念高中了呢？”

“叔叔为了还债，把我卖给了捕金枪鱼的渔船老板。”

“捕金枪鱼的老板？”

这个回答令美帆不胜惊愕，她不由自主地重复了一句。

“是的。我叔叔和黑帮的人打麻将输了两百万，于是就把我卖给捕金枪鱼的渔船老板做抵押。他给我办了退校手续，送到了渔船上。之后近两年我一直随着渔船四海漂泊，没有办法回到日本。”

“啊？”美帆更加吃惊，两眼瞪得滚圆。

“当然。为了捕到金枪鱼，我们的船队甚至到了南极，途中几次差点儿丢了小命。我们船上就有两位工友死在海上航行途中。”

对船上的那段非人般的艰苦生活，优司居然用平淡得出奇的口气娓娓道来。随着他的描述，美帆眼前展现出一幅画卷——风华正茂的18岁少年登上了土佐老板的捕鱼船队，整整两年的时光完全漂泊在浩瀚无际的大海上，不仅时刻面临着死神的威胁，而且还要付出巨大体力进行捕鱼作业，还要付出巨大的心力与孤寂作战——一幅残忍的画卷。

“此时我已考进东京的大学，正在享受快乐的学生生活呢。”美帆对此进行了同期比较，不由得唏嘘不已。

“当然啦。谁让你一直是学霸呢。”

优司笑着探过身体。

“虽然心力交瘁，但也学到不少生活常识。在船上，我学会了喝酒、赌博，后来一直很关照我的老大也是在那艘船上认识的。”

优司说的那个老大，是在黑帮之间火并时用枪把对手打成了重伤，为了躲避警察追捕不得已逃亡到远洋捕鱼船上躲起来的。

“老大说，跟坐牢相比，这里简直是天堂。事实证明确实如此。”

听话音优司像蹲过大牢。呃……美帆生平还是第一次和囚犯说话呢，她暗自思忖。

“那段时间，你学会了打架、赌博，还有……玩女人吧?”

美帆避开是否蹲过监狱的话题，直奔男女关系的话题上来。

优司拼命地摇头。

“我们花了一个月的时间绕过好望角，然后一路追着金枪鱼越过了澳洲、印度洋、南极，一路上全是水连天、天连水的，女人的影子都没看到。”

他的回答令人意外。

两人沿着隅田川的河岸悠闲地散着步，稍高一点的地方筑有堤坝，种满了樱树，枝繁叶茂。对岸的墨田区堤坝也是一样。

“这里就是东京有名的赏樱胜地。你听过‘墨樱之堤’吗?”

“嗯,那边就是向岛吧?”

优司指向对面问道。

“是啊。”

“那里的艺伎都人老珠黄了。”

“哦? 还好吧?”

“至少我去的时候是这样。”

从居酒屋出来后,他们从六区走到传法院路,然后经过浅草站,径直来到河边。现在已是晚上十点多钟了,迎面吹来的微风明显带有寒意,吹得脸颊和手脚都很舒服。

尽管优司在居酒屋又喝了三盅酒,但现在他却步伐稳健,谈吐自如,没有丝毫醉意,似乎滴酒未沾。

两人漫无边际地闲逛着,有一搭无一搭地聊着,也没想过什么时候往回返。美帆只是觉得跟优司在一起心情放松,没有任何的心理负担或是尴尬的感觉,这种感觉几天前在庆应医院见面时就有过,所以,她很愿意和他待在一起。和一个黑社会分子混在一起居然有安全感,是因为是初中发小的缘故? 还是不属于恋人而是一般的朋友的缘故? 她琢磨不透。

走过言问桥,靠近隅田公园的时候,看到河流沿岸有一片棚户区——许多流浪汉用纸板搭建的住屋。每一座纸板屋上都覆盖着塑料布用来防雨。

杳无人迹。优司若无其事地从棚户区前面穿过。

美帆毫不犹豫地紧挨着优司一起走着,她觉得和优司在一起有着特别的安全感。跟黑川丈二在一起时虽然也受到保护,但那种安全感和优司带来的相比简直是天壤之别。想必是因为他们对待暴力的方式不同吧?黑川丈二无论怎样强壮总归是受暴力侵害的一方而不会是施暴者。因此,壮硕的身躯不但没有带来安全感,反而觉得会有受到更猛烈暴力侵虐的危险。

身边的优司却不同。优司本来就是黑帮圈内人,惯于黑吃黑,殴来杀去,属于施暴者一方。若论格斗,或许比格斗选手或警察还厉害呢。

美帆的身体尽可能地向优司贴近。她想,此时优司假如伸出手来牵她,她是不会拒绝的。

但优司没有这样做。

离开了简陋的棚户屋区约五十米的地方,他们听到了一阵骚动声。从左侧的隅田公园内传出的激烈争吵声在夜空中显得格外刺耳,紧接着,一阵拳打脚踢的沉闷声响伴着惨痛的呻吟以及恣意的哄笑声——很明显，有数人在殴打一人。

优司立刻紧张起来——美帆敏锐感觉到。只见优司一把抓着美帆的手，用力地拽着她飞也似的向公园跑去。他似乎已经锁定了目标，脚步没有丝毫迟疑，径直穿过灌木林来到宽阔的广场后才停了下来。

四个男人正对着一个蜷缩在地上的男人拳打脚踢。

被打的男人像是流浪汉。只见他衣衫褴褛，双手紧抱头蜷缩在地上，不断发出“哎哟、啊啊”的惨叫。打人的是四个少年，像是高中生，其中一人手里拿着金属的棒球杆。

“你这个人渣，废物，去死吧！”

他们发出肆意的淫笑，不停地用脚踢那个流浪汉的下身，随着流浪汉一声声的惨叫和哀求，他们的笑声更加猥琐和放浪。远处的路灯幽幽的光亮清晰地照着这一幕惨剧——流浪汉裸露着下半身，裤子可能是被那几个少年强行扒下了。

“瞧你的臭 JJ，长得真恶心。你这种人渣根本就不配有 JJ。”

说着，手拿着棒球杆的少年用球棒捅向流浪汉的两腿之间。

美帆惊悚地目睹着这一惨景，连优司何时从身边悄然消失的她都不知道。

突然，优司的身影出现在手拿球棒的少年的背后，说时迟，那时快，只见优司一把夺过球棒，对着那群行凶者劈头盖脸抡去，金属的球棒雨点般地打在头盖骨上，发出的“咣”的闷响，在寂静的广场上显得异常响亮。“咣、咣、咣”一声接一声，有节奏的声响让人觉得很痛快。

美帆生平第一次看到这种残酷的打斗场面，但她并不害怕，相反，她觉得一股热血在全身涌动，有一种莫名的兴奋感。

不到十秒钟，那些少年全部被打瘫在地。

接下来画面才是最残酷的——优司用手帕将球棒慢慢擦拭干净，轻轻放在地上，然后，走近头破血流、正疼得满地打滚的少年身边，依次拽起他们的脚在地上来回拖着，画着圆圈。玩够了，又在他们的腹部和脸上使劲踩了几脚，这么一折腾，可怜的凶手们转眼间已奄奄一息，根本无还手之力。而优司却意犹未尽，一个蹲裆式的马步，抓起凶手们的右手搁在自己的大腿上用力一折，“咔嚓”的脆响连续响了四下，广场上回响着少年们的惨烈叫声。

优司捡起丢在一旁的裤子给流浪汉穿上，然后背起他准备离开广场。做完这些，他居然气息平稳，面不改色，额头上甚至没有出现一滴汗珠。

流浪汉在优司的背上喘着粗气,在他身上看不到血迹。他五十多岁的样子,脸虽然有点肿,穿戴倒是干净利落,尽管衣服上沾满了灰尘,仔细看头发和指甲却像是整理过的,总之,并不邋遢。

“大叔,身上哪儿痛吗?”

优司一边低头看路一边问道。

“还好,不痛了。”

男人清晰地回答,接着又补充了一句:

“幸亏你及时救了我。谢谢啦。”

“嗯,太好了。”

优司的声音很柔和。

“那些孩子们不管了吗?”

美帆回头瞟了一眼躺在地上痛苦抽搐的少年,问道。

“不用担心。打他们头颅时我手下留情了。他们会用手机报警或叫救护车的。”

哎,自作自受!美帆心里暗暗咒道。既然优司说了手下留情,那些少年不至于有生命危险。

“大叔,你是住在那边的棚户区吗?”

“是啊。”

“那我背你过去吧。”

“谢谢啦。真不好意思。”

“没关系。”

他们重新回到河边的散步道。优司将男人送回棚户区，背到屋里放下后旋即离开了。他快步走回大街上，美帆一直默默地跟随在身后，此时，她举腕看看表，已经快十一点了。

优司来到商店街。他东张西望寻找着未打烊的商店——只有寥寥几家还亮着灯。他走进一家日用杂货店，和迎出来的店员交谈了几句，店员旋即返回店内拿着一根棍棒模样的东西走了出来。优司双手握着柄的部分比画了几下，点点头，说不要包装，然后取出钱包将那把白木刀买了下来。

“买这个干什么？”

美帆不安地问道。她很担心，优司该不会再用这把刀去惩戒一下那几个小家伙吧？——虽然自己也不大相信。

“你有看到那人的背吗？”

优司用手帕擦了擦他刚刚握过的刀柄，然后包了起来。

“没有。”

“他背上文有一个漂亮的观音。”

美帆如陷入云里雾里，不明白优司说什么。

“告诉你吧,他和我一样,以前也是在黑帮里混的。”

“哦? 那你买这把刀是给他防身的?”

优司微微扬起嘴角。

“是的,如果有人再来欺负他,他至少可以用它对付一阵。”

他微微扬了扬右手拿着的那把木刀。

六月八日

古市珠代的睡眠很少。

她是一名高产的美食作家。美帆第一次跟古市珠代合作是因为四年前推出她的美食专著。之后,古市珠代平均每三四个月就要出版一本她的专著或日本料理食谱,鼎盛时期,她一年竟推出了三十本专著,以至美帆忙碌不堪,再也无法包揽古市珠代的所有美食专著的编辑事宜。

2000年时,美帆负责编辑古市珠代的《令人大吃一惊的微波炉料理排行》这本书,这是她第三次参与古市珠代的书的编辑出版工作。这本书为古市珠代带来了丰厚的收益,从此,她不断地出现在电视美食节目、女性杂志或美食杂志上,进而跻身日本最受欢迎的前五名美食研究家行列。

没有想到的是,这本书给美帆也带来很大的机遇——美帆前年辞去出版社的工作回到片濑市,随后又去伦敦待了近半年。她再度来到东京的打算是:在母校御茶水女子大学旁听一些课程，争取拿下临床心理医生资质证书。当然，学习之余也可以接一些临时性的工作赚点儿零花钱，这样，就能悠闲地享受学生贵族的滋味了。但没想到的是大把的工作机会蜂拥而至，获得如此好运的主要原因就是，她是这本《令人大吃一惊的微波炉料理排行》的责任编辑。

将柴鱼片搁入一杯水中，放进微波炉加热一分钟，如此简单就能做出与熬制的高汤相同的美味；将400克的南瓜摘瓤去籽，皮朝外地放在转盘边上，然后盖上微波炉盖加热五分钟，这样，不管多硬的南瓜都能切成你想要的大小；将半熟的鳄梨和猕猴桃分别加热一到两分钟，很快就能催熟，正好享用；用削皮器将黄瓜外皮削成条纹状后，切成1.5厘米厚的圆片，然后与洋葱圆片一起放进加热碗内，撒上些许辣椒和胡椒，每根黄瓜上加三大匙的寿司醋，盖上烤箱纸后再盖上一个盘子，加热两分钟，取出后放进冰箱冷冻，这样就能做出与腌制很久的咸菜有相同口感的腌黄瓜了。

如今，她独创的微波炉食谱已经获得了“古市魔术”的美誉，大受欢迎。无论是过着单身生活的OL还是儿女已成家立业的夫妇，抑或是为了减肥或养生而极力控制油脂摄入的人们，都对此赞不绝口。忙于家务的主妇们也很乐于尝试用原本只能用来解冻或加热的微波炉来做一些简单快捷的料理。

两年前，她出版了《微波炉面包》等食谱集，其中介绍了使用微波炉就能大幅缩短发酵时间，仅用40分钟就能烤出面包的方法，从此古市珠代再度名噪一时。这本书的责任编辑也是美帆。

古市珠代的老家是福冈市。现在，她在福冈市注册了自己的公司，配备了拥有现代化厨房设备的工作室。一栋漂亮的小楼是她的公司办公地点兼住所，此外，她在西麻布也有一个料理工作室。她频繁往返于福冈和东京之间，打理她的公司和料理工作室，还要上电视节目、接受书刊的采访、开发新产品、发表演讲等，忙得不亦乐乎，每天的日程都安排得满满的。

美帆的老家是临近福冈市的片濑市，她们也算是同乡吧。

上午九点，员工们都聚集到了她在东京都西麻布的工作室，在拍摄之前简单地开了个会。古市珠代身穿白色针织衫、白底米色条纹长裤，腰间系着印有她公司标识的围裙，显得神采飞扬，充满活力。

她的双手抱着许多书，热情地向美帆打招呼：

“美帆，你最近好吗？”

自三月份出版了她的一本美食书后，美帆与古市珠代有两个多月未曾见面了，所以古市首先开口寒暄。只见她将手中的书堆放在桌上后，立刻忙碌着把书分发给围坐在宽阔工作台上的员工们。有《英语食谱！古市珠代的日本料理》《战胜糖尿病！古市珠代的绝品食谱》《每天不重样！来自古市珠代的季节小菜》等等。桌上的这些书美帆完全没有插手，是她忙碌其他工作期间古市珠代和别的编辑们合作做的。古市珠代今年63岁，育有四个子女，丈夫任职于日本一家大型钢铁公司，现已退休。古市珠代对烹调有着浓郁的兴趣，她在服侍丈夫、支持丈夫工作之余，坚持自己的爱好，钻研料理技术。直到儿女都长大成人，公公婆婆老去，丈夫从公司退休之后，她才真正开始全面铺开自己的事业，成为闻名日本的美食研究家。此时，她已过了知天命的岁数。

"一年三百六十五天，我从未休息过一天，每天工作时间都在20个小时以上。""除了吃饭，我从不放下手中的工作。在我的字典里没有休息这两个字。"她在自己的著作中和接受采访时都这样说。通过近距离接触和观察，美帆确信她所言不虚。

古市珠代真的不睡觉。

"老师，这本《英语食谱！古市珠代的日本料理》真是太好了！"

“Mixing tofu in with the meat when making hamburgers lowers the fat and the cholesterol.”

美帆看着豆腐汉堡的英文说明,由衷地赞叹道。

“是吧? 我在纽约开料理教室时,报名者众多,但不少学生抱怨找不到英语版的日本料理食谱。”

日本料理以其天然的食材、低油脂和低胆固醇、抑制癌症的特点而风靡欧美,近年来,欧美国家的需求越来越大。美帆觉得用英文出版日本料理的菜谱值得一试,有前景。

“在美国发行的美食书籍当然只能使用英文啦。”

而美帆拿到的这本书上居然还有日语的译文:“加入豆腐的汉堡包脂肪更低、胆固醇更低。”

员工们都在默默地翻着书。

今天的拍摄任务是某女性杂志的料理版面,另外还要拍摄一张杂志新年号要用的大盘料理图。此次料理版面的基本策划是:不用煤气只用微波的轻松“厨房”、全家共享百元“居酒屋料理 32”。因此,整个版面设计有点像私房菜餐馆的菜单,尽管照片占了大量的篇幅,但料理的照片可以拼接、剪辑和 PS,故不要求太细致的拍摄。只不过在傍晚之前要做好 33 道菜并且要按顺序拍摄完毕,所以在场的员工必须抓紧。

担当摄影的是日本当下最负盛名的烹饪摄影家中村卓也先生。他手上的活儿很多,拍片任务繁重,而且其本人对拍片的环境极其挑剔,所以美帆开始并没有打算请他,但古市珠代却执意邀请,没有办法,只好硬着头皮请了。

中村卓也先生带着他的女助理出现了。这位女助理多年来一直跟在他身边。

其余人员有妇女杂志的编辑有贺佳惠,有准备杯碟、桌布、桌垫、刀叉类的设计师杉田润子和作为责任编辑的美帆等三个人。美帆与有贺、杉田合作过多次,彼此很了解。在美帆等人到达的时候,古市公司的三名料理师已经进入厨房,专心准备今天的料理了。

有人端来了中国茶,她们一边喝着茶一边开始议论今天的工作。事先已经对菜单进行过确认和校对,容器也都选好了,并且针对杂志 7 月份上市的特点,将古市菜单中的几种食材换成了夏季应季的蔬菜,因此,现在要进行最终的确认。

有贺佳惠编辑把大体的版面设计画在纸上,给古市过目,标题和各个料理的素描都很精美,总共有 7 页。

古市认真地浏览每一页。

“好，现在开始吧，麻烦大家了。”

古市珠代站起来大声喊道。她一声令下，所有人也都站起身来。时针正好指向九点半。古市珠代本人在中央开放式厨房的前面就位，按食谱摆放的食材由助手料理师从右后方的另一厨房内端出依次递给她，烹饪演示马上开始。

第一道菜是用泡菜做的“韩国豆腐”，第二道是“鳄梨纳豆海苔卷”，接着是“金枪鱼拌莴苣”“生拌金枪鱼”“简单肉丸”“虾仁毛豆串烧”“西红柿猪肉卷”“生翠蔬菜干酪火锅”等等，一道道色味香俱佳的美味佳肴转眼间做好了，令人垂涎欲滴。

美帆手执笔记本，一边翻看记在上面的食谱，一边认真地注视古市珠代手上的动作。一旦发现使用了与食谱上不同的调味料或食材，美帆马上就会向古市珠代提问。在做“虾仁毛豆串烧”时，古市珠代把酒倒进空碗里，然后就把虾放进酒里去除滑腻，美帆见状立刻问道：“用酒洗比用水好吗？”因为食谱上写的是“用水洗”。

“现在不是没水嘛。”

古市珠代回答的口吻略带怒气。助理们事先没把盛满水的容器放在她手边，所以她有些恼怒。

“那用水洗没问题吧？”

“当然。没问题。”

古市珠代手上的动作没有停下,抬起头来莞尔一笑。

直到下午六点,最后一道使用鸡肉的大盘料理终于拍摄完成。有富有经验的员工们齐心协助,整个拍摄过程非常顺利,没有丝毫的差错。在一天的时间内完成33道菜制作和拍摄,确实是个大工程,每个人都露出了疲惫的神色,只有古市珠代是个例外——仍然精神奕奕、容光焕发——她一直站立在镜头前,亲手制作了33道菜,另外,作为午餐,还用烤箱为大家烤制了两大盘的“俄式芋泥”。

摄影结束后,她又用冰淇淋机制作了自己喜爱的冰淇淋招待大家,上面还撒满了手工制作的越橘酱。按说,古市珠代比所有人岁数都大,工作任务都要多,应该比谁都要疲惫,而事实却是她比谁都要精神抖擞、精力旺盛。

古市珠代常说:“我脑子里只有烹饪,无时无刻不在思考如何做出好吃的菜肴,哪怕在梦中。”她每周至少往返东京和福冈一次,飞机上她从来不打盹,而是不停地翻阅机上的杂志,从一篇篇的小报道中汲取知识,获得灵感。在蔬菜店或超市看到南瓜或西红柿,她也会不断构思新的料理方式。据说她在小学二年级的时候就开始掌勺做菜了。她说:“料理的创意是无穷无尽的，令人走火入魔。”无论在旅途中还是在讲课时，在家里还是在开会，只要脑海里浮出创意她立刻掏出随身携带的纸、笔记下，然后再加以整理。日积月累，她的新点子、新创意已经超过十万条了。另外，她年轻时就喜欢收集菜谱，喜欢从杂志、报纸、美食书上剪切或复印有关烹饪的知识及料理的做法，然后分类排列，装订在活页资料夹里；她搜集的食谱已经超过了三十万条，积累的烹饪资料已经厚厚的一大摞；她每年要在全国各地举行一百多场演讲或示范表演；待在东京时，每隔一天就会有一次像今天这样的拍片活动，每月平均有一周分别在福冈和东京的料理教室讲课。此外，最近她又开设了儿童料理课，同时，还在纽约开设了料理工作室，教美国人如何做美味的日本料理。

中村卓也等人迅速地收拾好器材，最先离开了，接着杉田、有贺也告辞了，三名助手正在收拾厨房。

“美帆啊，来二楼喝点茶吧？”

终于摘下围裙的古市珠代向美帆发出了邀请。

二楼的办公室很宽敞，但书架占满大部分空间。有超过四千本的食谱资料夹整齐地搁在书架上。一进门就能看到左侧的工作台，墙边放着一个小沙发，右侧的窗边摆着三张办公桌。最后面一张办公桌是助理的，中间是古市的，最前面一张桌子是

“古市联合公司”的另一位股东古市善彦，也就是古市珠代的丈夫的。古市珠代在东京时，古市善彦就留守在福冈，古市珠代回到福冈时他就到东京的这间办公室里待着。夫妇二人轮流来往东京和福冈努力使公司正常运营。而“古市联合公司”包括会计在内的一切行政事务基本上都由古市善彦负责。

“好久没见了，你好吗？”

早上见面寒暄时她也用了相同的句子。美帆端起杯子，神色茫然地点点头。

“好像有什么心事啊？”

古市珠代笑着问道。

“出什么事了？有什么烦恼可以跟我说。”

美帆的内心很尊敬古市珠代，对她充满打拼精神的人生由衷敬佩，但她并不想像她那样生活。

“跟你那位做新闻记者的男朋友关系还好吗？”

美帆点点头。虽然被古市珠代戳中了痛处，但美帆心里清楚，跟她聊这些也没用，解决不了问题。况且，这种事算不算烦恼还是个疑问。之前，美帆曾经竹筒倒豆子一般告诉过古市珠代自己私生活方面的事，包括和黑川丈二的关系。

黑川丈二最终放弃了本次参议员选举，提名由水上参议员的女婿获得,六月初就公布了结果。他暂时继续做他的老行当——政治新闻专栏记者。堀米干事长向共同通讯社的编辑局长和政治部长告知了黑川丈二此次不参选,希望他们对他今后的工作多加关照。

水上派最终获胜,因为首相直接向堀米干事长打了招呼。

"听说水上在邮政局当公务员时一直很照顾首相父亲的情妇。虽然堀米干事长没有多说,但我从其他人那里打听到,首相的父亲和情妇生了一个私生子,去世时将私生子托付给了首相。"

首相的父亲曾当过自民党的副总裁,是一个被称为"邮政集团大佬"的政治家。

或许是跟自己的境遇相似的原因,黑川丈二得知来龙去脉后爽快地接受了现实——放弃参议院竞选。但他并没有放弃投身政坛,他的目标并不是三年后的参议院选举,而是迟早会解散的议会的总选举。

丈二三番五次地向美帆提出结婚的要求:"我想先完成这件大事,我的人生已没有太多的回旋余地了。"他向美帆求婚是因为他失去了竞选参议院这人生最大的机遇而造成的心理失落,所以转而希望尽快解决成家这件大事好让自己安心。美帆觉得，这次恐怕再难以蒙混过去了。

“那就结婚嘛。”

听了美帆的讲述，古市珠代的回答很干脆。

“小柳，你今年多大了？”

她问道。

“到12月份就35岁了。”

古市珠代脸上露出一副“那还犹豫什么”的表情。

“我说，你已经没有余地再去挑三拣四，你这个年龄生孩子都算是高龄产妇了。恕我直言，女人到了这个年龄，男人是谁已经不重要了，先把婚结了，赶快生下孩子才是正经事。这样，女人的一生才算真正开始，你看看我就会明白。”

望着古市珠代坚毅而得意的眼神，美帆感到一阵眩晕。

“以前我可能和你说过，我曾两次下决心放弃这个工作，一次是因为生病，另一次是因为丈夫的一番话。”

美帆直直地盯着古市珠代的眼睛——生病的事她知道，另一次却是没有听说过啊。

“那时我四十来岁，在一次全国烹饪大赛中获得了金奖，终于有杂志和报纸来采访我了，我非常开心。当时住在东京，所以经常在一些妇女杂志的美食版面上露露脸。然而第二天就被老公大骂了一顿。”

老实巴交的古市善彦终于等到购买公司股权的机会，却突然被一位平时关系不错的上司找去谈话：“你太太真活跃啊，我老婆在杂志上看到你太太时真吓了一跳。”

古市善彦回家后，怒气冲冲地对珠代抗议道：

“我不干涉你的爱好，你可以随意做你喜欢的事情，但你不要因此影响我的事业啊！”

语气严厉，前所未有。

“我丈夫公司的人都是些老古董。在他们眼里，但凡让女人外出工作的男人都怕老婆的，没有资格做股东——无论女人在外面是做什么样工作。丈夫责备我说，为什么要刊登真人照片和标注真实姓名呢？至少要对他的头衔保密啊。他这么一说我觉得真是对不起他。于是，我关闭了刚开张的烹调讲座，拒绝了所有杂志的采访，彻底放弃了料理工作室的事业。恰好丈夫此时调到北九州去任职，我就跟着他一起回到了福冈。”

接下来，在她丈夫退休前的近十年间，古市珠代只在当地做些小范围的美食讲座，而且一概拒绝媒体的采访。

“说我当时不悔恨也是自欺欺人。虽说为了丈夫的事业而放弃自己的追求，但心里不甘，完全割舍谈何容易？但是，我必须忍受别人不能忍受的，我努力克制自己的创业冲动，把全部精力都投在丈夫和孩子身上。事实证明，人的心胸绝对是有弹性的，可以忍受许多自己以为不能忍受的事，心态调整好了，任何时候都能重新开始自己的事业。若是真心喜欢的事情，什么时候开始都不为晚。很多人认为结婚、生子、养育儿女是事业的绊脚石，事实并非如此。为了自己的事业可以发奋，为了实现自己的梦想可以不遗余力，排除艰难险阻，坚持到底，甚至献出生命也无怨无悔。何况在家照顾老公和孩子可不会要求你献出生命吧？怨天尤人，责怪环境不好、运气不好，抱怨时间不够，实际上只能证明自己的懒惰。

“比如，即使你整天忙碌于家务、照顾孩子，可是，被你伺候的丈夫和孩子也要睡觉吧？怎么也要睡几个小时吧？他们睡觉的时间就是你干自己事业的时间，这几小时不是由你随意支配吗？所以你看，只要不睡觉，就有时间做自己喜欢做的事情。每天少睡 3 个小时，一个月就有 90 个小时的自由支配时间，一年就是 1080 个小时。按一天八小时标准工作制来计算，那一年就能匀出 135 个工作日。这样坚持十年的话，就有 1350 个工作日，相当于我老公在公司工作近四年的时间。这四年的时间可以用来做任何自己想做的事。人不需要睡太长时间，那些每天非睡七八个小时不可的人其实是没有找到自己的理想。真正找到自己的爱好和事业的人，一定会觉得睡觉浪费时间，他们谁都不会把八个小时浪费在睡觉上。”

古市珠代一如既往地喋喋不休，美帆只能洗耳恭听。

“所以，对你而言，目前最紧要的是赶快结婚生孩子！其他任何事都可以从头开始，只有生孩子这件事是有时效、过期不候的。女人并没有像男人那样被束缚在一个机构里。女人即使不能出人头地做出风光的事业也不意味着就此完蛋，女人可以用很多种方法来找到自己的梦想，无论失败多少次也能坚持到最后。”

言之有理，美帆一边听着古市珠代的唠叨一边暗自思忖——事到如今，我已没必要为是否答应丈二的求婚这件事纠结了。两年前破镜重圆的那天起，就应料到今天的结局，当时也是以此逼迫自己的——两人一起走了那么久，该有个归宿了。

不过，一旦成为事实，感到纠结和迷茫也是必然的。

最终能和黑川丈二走到一起，无疑对自己过去的那段时光有了个交代。但是也存在一定的风险——漫长的未来会不会重蹈覆辙呢？而且，为了对已经逝去的青春有个交代，会不会失去这九年间重获新生的真实的自我呢?

美帆患得患失,怎么也摆脱不了这种恐惧感的纠缠。

从黑川丈二的言谈举止中,她再次领略了他惯有的蛮横不讲理,早已看透了他傲慢的根源——我拥有锦绣的前程,和美帆结婚只是锦上添花而已,所以赶快把这件利己的事办了,凭我的条件,相信美帆不会拒绝。

如果美帆是一位甘于平庸的女人,或许就像古市珠代说的那样毫不犹豫、兴高采烈地接受求婚,把结婚当成是生孩子、寻找人生真谛的手段。

但这真是正确的决定吗?

“你长得太漂亮了,即使现在去当女明星也绰绰有余。或许这是你的不幸。”

陷入沉思的美帆听到古市珠代在一旁小声嘟囔道。

“你完全可以在事业上有更多的发展。”

她鼓励道:

“红颜薄命,这句话你可要铭刻在心。”

七月十五日

东京，晴空悠悠，一碧如洗。但往西望去，天边闪出一片云翳，且越往西越是阴沉，待到京都站的月台抬头仰望时，天空竟然是浓云密布，大雨仿佛会随时倾盆而泻。

车站内，小柳美帆和黑川丈二一起正在换乘去奈良的快轨，这时，美帆的手机响了，时间近十一点半。

母亲早苗低沉的声音从话筒那端传过来。

“你爸爸出事了，现正在市民医院抢救。医生说是脑溢血。我知道你工作很忙，但也想你快点回来。”

当手机屏上显示出母亲名字时，美帆就预感到父亲可能出什么事了，因此没有过于惊慌。

“情况怎样了？有生命危险吗？”美帆平静地问道。

“我不知道。不过听正也说，如果送医抢救及时是不会危及生命的。”

“什么时候发病的？”

“今天早上。今天他说要去熊本,打算八点出门。吃完早饭后,很久没见他从书房出来,我进去看时发现他已经倒在地上了。”

“当时有意识吗?”

“有,他告诉我说左侧手脚全麻木了,应该是脑溢血。我立刻叫了救护车。”

“这样啊……”

“你今天能赶回来吗?”

“能。现在我在京都,马上乘新干线赶回去。正也回去吗?”

“回来,他现在正从单位火速赶往羽田机场。”

正也在东京医科齿科大学附属医院工作,母亲当然会首先通知做医生的他。

“我直接去市民医院。妈妈,你要冷静。”

“我知道。”

说完,母亲先挂了电话。

手机放回包里时,一个不祥的念头突然盘旋在美帆心中——父亲今年多大岁数了?应该是66岁吧?要是去世了未免也太早了。

身旁的黑川丈二问道:

“你父亲病了?”

“说是脑溢血,现在正在动手术。”

“你赶快回去看看吧,我这边你甭管了,我会跟我爸妈说的。”

丈二并没说他和美帆一起去。

明天是19日,上月11日水上的女婿青木雄一郎在议会选举中当选为第二十届参议院议员,县党部要在奈良市为他举行庆功会。转为参加下届众议院选举的黑川丈二,虽然以前与他有些纠葛,但也必须在这种场合露面。

“对不起,我不能跟你一起去了。”

新干线的站台上,当美帆正准备上车时黑川丈二突然说。

“不,我才需要向你说抱歉呢。”

美帆向他鞠了一躬。在去拜访黑川丈二父母的当天自己的父亲却突然病倒了,实在太不赶巧了,美帆心里也别扭。

下午三点半,美帆到达了片濑市民医院。手术已经结束,父亲被送回了重症监护室。医生告知手术很成功,不过,开颅发现出血的范围比预料中的大,目前尚不能判断会否留下后遗症。

这番话是先一步到达的正也听医生说的,美帆听了正也的转达后心里的一块石头暂且落地了。妈妈早苗回家去了,一阵惊慌令她顿时憔悴不少,在正也的再三劝说下终于答应回家歇一会。

“听到这些,估计会给妈妈很大的打击。”

正也平静地说。

“会不会留下什么后遗症啊?”

“我也不清楚。”

“如果是半身不遂,爸爸肯定会疯掉的。”

“也许会自杀吧。”

姐弟俩并肩坐在重症监护室前面走廊的长椅上聊着。

当天傍晚,美帆的父亲清醒过来了,第二天中午就转到了普通单人病房。其间,黑川丈二打来两次电话询问病情,听了美帆介绍后他说:“看来暂时没事了。”接着又补充了一句,“我父母也很担心呢。”

不知到底是为谁担心呢?美帆心想。

19 日是海洋节,假期的医院显得很冷清。白天由早苗和正也陪床,傍晚时美帆来换班,他们回家休息。

美帆走进病房的时候父亲已经睡着了,脸上的浮肿已经消了很多。他的头上还包着绷带,左手打着吊针。父亲面部轮廓很深，睡着的时候很像外国人。

其实，父亲确实有波兰人的血统，因为爷爷在德国洪堡大学医学院求学时娶了一位有波兰血统的德国女人。小柳家从曾祖父那一代起就是行医世家。爷爷和爸爸都是医生，弟弟正也从东京医科齿科大学毕业后也成为肿瘤内科的医生。他三年前到纽约的斯隆凯特琳癌症研究所留学，学习了最先进的药物治疗癌症技术，直到去年秋天才回到东京。

父亲是在东京的医院工作时与母亲相识的，当时母亲是精神科护士。那是一所床位过千的大医院，而母亲是那所医院中最漂亮的护士。

母亲早苗确实是大美人。美帆在医院去除腿上的那块胎记时，手术前的那天晚上母亲对她说：

“脸蛋和身体是女人的武器。即使是漂亮的女人也会希望自己更美，而胸部丰满的女人喜欢挤出乳沟也是无可厚非的。不屑于打扮自己的女人绝对得不到幸福。”

美帆从小就被邻居称赞美得像妈妈。大家丝毫没有怀疑她不是早苗亲生，于是经常挂在嘴边的寒暄话是：“真是有其母必有其女啊。”连早苗自己也经常对美帆说：“你长得真像我。”每每听到这些，美帆心里美滋滋的，非常开心。

当然,还有更开心的事。

那还是在上幼儿园的时候。圣诞节演出时由美帆扮演圣母玛利亚。她穿着蓝色长袍,头戴金色皇冠,演得端庄而多姿。走下舞台时父亲在前面迎接她,父亲喜笑颜开地抱起她,轻轻地在她耳边说:

“你比你妈妈漂亮好多倍。”

父亲的这句话美帆一直记在心中,至今难忘。

给花瓶换了水后,美帆坐在墙边的沙发上翻阅着杂志,等待爸爸醒来。一个小时后,父亲睁开了眼睛。

“就你一人吗?”

父亲开口道,声音有点沙哑。

“是的,妈妈他们先回去了。”

“哦。”

父亲轻轻叹了一声,似乎松了口气。

“感觉怎样?您难受吗?”美帆关切地问。

父亲没有任何反应。

美帆把杂志放在沙发前的茶几上,来到父亲床边,坐下。

“爸爸,您感觉还好吗?”她又问。

父亲轻轻地点点头,小声说道:

“美帆，你千万不能输给妈妈。”

冷不防听说这么一句，美帆如坠五里雾中，不知道怎样回答才好。

“其实她很可怜。她变成现在这样是我的错。不过，也不能怪我一人。她最可悲的就是她死不承认这一点。”

父亲平静地说着，他思维清晰，似乎没有受到手术的任何影响。

“‘汤匙’是被妈妈从二楼扔下去的，我亲眼看到的。”

美帆第一次和爸爸说起这件事。

“是的。”

父亲的回答惊人地镇定。

“爸爸，您怎么知道的？”

“正也告诉我的。”

“正也又怎么知道的？”

除了早苗和美帆之外，应该没人知道这件事。

“你妈妈告诉他的。”

这是为什么呢？美帆大惑不解。“汤匙”是家里那只宠物小猫的名字，这只美帆宠爱的猫咪却被妈妈从二楼扔了下去，导致它左后脚残废。从那之后，“汤匙”一直不敢靠近早苗。

父亲和许多女人有牵扯不清的关系，婚后也是如此，没有任何收敛。母亲为此非常生气，经常争吵不休。不过，两人总能掌握尺度，适可而止，而且从不把火撒在孩子头上。

美帆却不能原谅母亲对猫咪“汤匙”的所作所为，如同她不能原谅父亲对正也的见死不救一样。正也曾说过：

“爸爸觉得我死了也没什么。因为我跟姐姐不同，我是妈妈生的孩子。”

美帆觉得他说对了一半。

“你不打算结婚吗？”沉默了许久后，父亲突然问道。

怎么突然提起这个呢？像临终交代后事一样。

“不是的。”

“不要勉强自己。”

“我知道。”

“生命的尽头终究只是一个人。有时候跟另一个人在一起，反倒觉得是累赘。”

“听起来很凄凉。”

“一点都不凄凉。”

父亲的表情很轻松，好像终于卸下了一副重担。

“爸爸，您心中是不是还有另外一个女人，比对妈妈还爱她?”

美帆问道。

“是啊,我一直在想,要是能跟她在一起就好了。”

“那为什么没能在一起呢?”

“因为中间有你妈妈。”

“那跟我妈妈离婚不就行了吗?”

“你妈妈说,我要是离婚她就去死!我相信她会这么做。那时候你和正也还没出生呢。”

“您爱的那个女人现在在哪儿呢?”

“她已经死了。多年之后见面我才知道。”

父亲的话像是呓语,美帆完全听不明白。

“昨天她来过,告诉了我很多事情。”

父亲眯起眼睛说道。

“美帆,我从没拿你当外人,也没这么想过。我真的把你当自己的亲生女儿。”

“爸爸!”

“不要露出那种奇怪的表情,我头脑清醒得很。”

说着,父亲笑了起来。

“你要想找一个好男人,爸爸会帮你,找一个最适合你的人。”

爸爸果然意识迷糊了,美帆内心掠过一丝不祥之兆。

第二天早上六点,医院打来电话通知,父亲因颅内再度出血,已经没有生命体征了。

七月二十三日

虽然是周五晚上,但“光”里几乎没有客人。

优司一推开门,坐在吧台前圆凳上的女人就立刻迎了过来。店内面积不大,左侧吧台前能坐七八人,座位区在右侧,沿着墙边有一张凹形沙发,前面是 L 字形桌子和椅子,而后面则摆放着三套普通桌椅。座位区总共有 20 个座位,加上吧台前的座位,店内最多能容纳 30 人左右。

后方墙上挂着镜子,右侧有一个稍高的舞台,上面安装有卡拉 OK 设备。店内装潢是以深灰色为基调,只有座位区的地毯是米色。

眼下,墙角灯火阑珊处,三个穿着考究西装的客人和两位小姐在聊着。一位年轻的调酒师正站在吧台里忙碌。迎面过来的那位女人 30 来岁,身穿和服,风姿绰约。

她大概就是莉莉子说的“香澄”吧?美帆暗自猜测。

“欢迎光临。”

香澄笑容可掬地朝优司和美帆打招呼。

“这位是我跟你说过的小柳美帆，我的老同学。”

优司有点羞涩地介绍道。香澄深鞠一躬，从和服胸兜抽出一张名片递上来。

“请您节哀顺变。小柳大夫也曾经光临过小店。”

美帆接过名片，上面写着“光 佐野香澄”。

“是吗？爸爸来过？”

“嗯。”

说完，香澄凝视美帆，突然缄默不语。

“你怎么了？”

优司诧异地问道。

“美帆小姐实在是美艳绝伦，让我不由得看走神了。”

她神色认真地答道。

三人来到前面的L形桌前坐下。美帆和优司坐在沙发上，香澄则坐在对面的椅子上。女招待立刻用托盘端着威士忌、冰块和酒杯送过来。威士忌是三得利的“白州18年”。

“要兑水吗？”

香澄问道。美帆说：“加冰块就行。”优司说道：“我也要加冰的。”美帆从包里取出一张名片递给香澄。

“谢谢。”

香澄看了看名片，恭恭敬敬地举过头顶后，放进胸口的兜里。

她吩咐侍者送来加冰块的酒杯，动作优雅地给他们斟上威士忌，并往自己的杯子里兑了点水。

“仲间说他一直都没喝酒，是真的吗？”

美帆接过酒杯问道。

“真的啊。之前他很少来我店里，不过，自从上个月从东京回来后就天天过来啦。”

香澄露出无可奈何的表情，看着优司。

“他说要把过去五年没喝的酒都补回来。”

优司默默地品着威士忌。

“我父亲是什么时候来这里的？”

“嗯……我想想，什么时候……”香澄若有所思，说，“大概三年前吧，跟一位漂亮的年轻女人一起来的。”

“就他们两人吗？”

“嗯。”

香澄若无其事地点点头。

“应该是他们俩第一次一起到这里来，也是唯一的一次吧？”

“是。”

“那个女人以前来过吗？”

“唔……来过，好像来过几次。”

香澄闪烁其词。

美帆本想多问一些有关那位年轻漂亮女人的事，但她并没有继续。挖掘父亲生前的绯闻，只能令自己徒增烦恼罢了。

20 日守灵那晚和前天的葬礼上，有几个陌生的女人前来吊唁致哀。

看到这些未曾见过的女人，母亲却意外地平静。弟弟正也解释说：“谁都没能把父亲抢走，妈妈应该觉得是她赢了。”

守灵那晚。九时许，吊唁客人陆续离去，天空下起了大雨，“哗哗”的雨声令屋内十分喧嚣。这是梅雨结束前的最后一场雨吧。

十一时左右，母亲和正也去休息室了，留下姑姑和美帆在灵堂守灵。就在姑姑也准备离开时，优司穿着素服出现了，他肩头已经完全湿透。

屋外的雨声越来越大，

优司在六月中旬离开东京时曾联系过美帆，之后就没了音信。

看到仲间优司走进灵堂的那一瞬间，美帆猛然觉得几天来重压在身的紧张、悲伤、压抑感顿时烟消云散。那一刻她想瘫坐在地上，确切地说，她想倚靠在正向她走来的优司身上。

“你辛苦了。”

优司说道。

在祭坛前上完香后，美帆带优司去见母亲。休息室是一间五坪大的和室，除了洗手间、浴室和卫生间外，还带有一间厨房。

正也认出了他，立刻站起身来。

“优司哥。”

他一脸怀念地叫道。

不胜悲戚的母亲早苗坐在矮桌前，她抬起头，眼中流露出难以名状的凄惨，泪眼婆娑地说：“仲间，谢谢你能来。”

四人围坐在矮桌前，美帆端来茶。优司大概是接到“片濑樱花学园”的本多雅光院长的电话而得知俊彦去世的消息的。

“雅光哥当院长了？”

美帆问道。

“你不知道啊？早就是了。”

母亲早苗在一旁插嘴说。

早苗挨着优司身边坐下，似乎也从哀伤悲痛的气氛中缓过劲来。她去年就满 60 岁了，尽管韶华已逝但风韵犹存，一身缟素给她平添了几分丽质。坐在对面望着优司的正也，脸上也泛出难得的柔和表情。

他们聊了很多关于在樱花学园的事，三十分钟后，优司离开了。

第二天的葬礼，优司也来了，但他始终站在最后一排目送出殡，没有和美帆说一句话。

黑川丈二也赶过来了。美帆把他介绍给母亲和弟弟正也。他和大家一起来到火葬场，帮忙张罗火化事宜，后又参加将骨灰移回葬礼的头七法事，直到傍晚才乘飞机返回东京。

隔了一天，也就是今天，优司中午突然打来电话。

“要不要一起喝点酒，缅怀老师？”

美帆不假思索地爽快答应了。弟弟正也已经乘早班飞机回去了，徒剩下美帆和母亲，一想到晚上要跟母亲两个人共处一室，她就觉得尴尬和别扭。当她问母亲“晚上我能出去一会儿吗”的时候，察觉母亲也明显有如释重负之感。

守灵那天晚上，当灵堂内只有她和弟弟正也两人时，她提起了猫咪“汤匙”。“汤匙”受伤后就一直不敢接近母亲，正也对此很纳闷。多年后,他质问母亲。“她毫不回避地坦言了一切,只是要我千万不能告诉姐姐,说你要是知道了后果很严重。我也觉得不告诉你为好。”正也告诉她这些之后又不断道歉,“真对不起,我一直瞒着你。”话既到此,美帆也仍然丝毫不露其实自己早知道这件事的来龙去脉,只是说:“没关系的,不敢保证知道了这一切后我会做出什么事来。”

母亲早苗心里清楚——美帆目睹了当时的一幕。当早苗把“汤匙”扔下去后,她看着美帆发疯地大叫着跑到池塘边,抱起躺在地上奄奄一息的小猫,远远地向早苗站着的阳台投来愤怒的目光。

“抱它去那须田那里吧。”

早苗扔下一句话后就坦然回房间了。

那须田是他们常去的一位医生的名字。

正也说,“汤匙”是父亲俊彦的一位朋友送的,想必那位朋友是父亲的情人。

“母亲肯定是知道了送猫人的身份,所以才对小猫下狠手的。”

美帆却不这么认为。

她记得当时母亲的情绪莫名烦躁,尽管她讨厌“汤匙”,常抱怨它把洗好的衣服弄乱了,但把小猫从二楼扔下去的举动只能解释为一时冲动而已。

美帆清楚,母亲从心底里蔑视在外面跟女人纠缠不清的父亲。但她更瞧不起的是她自己——居然无法摆脱这样的男人,还得依靠他活下去。无尽的焦躁和嫉妒之所以每天都能折磨母亲,完全是因为她的这种难以克制的"自我厌恶"心态。

优司在一旁静静地喝着威士忌酒,他没像在浅草那样往肚子里猛灌。基本上不说话,只是静静地喝着。

而美帆和香澄在不停地说着。

"听仲间优司说,他高中辍学后就登上了金枪鱼捕鱼船谋生。"

美帆说。

"优司在捕鱼船上的经历非常有趣。当然也吃了不少苦,受了很多罪。"

香澄接着说。

"听他说,在船上的午餐只能吃金枪鱼生鱼片,船员们都用金枪鱼蘸着蛋黄酱吃。还说这是最美味的吃法。"

"啊?"

"是啊。"

“还有，相比冷冻的鱼，大家不都喜欢吃新鲜生猛的吗？但优司告诉我金枪鱼只有在冷冻之后肉才变得紧实，才更加美味。听了他的话后，我都选择买冷冻的金枪鱼啦。”

“这也是第一次听说啊。”

酒过两杯，美帆的心情渐渐放松，话匣子也随之打开了。而且，香澄那标准的东京口音令美帆赏心悦目，美帆喜欢和比自己年龄小的人聊天，没有压力。

“香澄，你是东京人吗？”

美帆问。

“是的。”

她点点头。

“那是什么时候来这儿的？”

“结婚后就来了博多。”

美帆感到有些吃惊。

“后来又经历了很多事，我们分开了。”

香澄补充道。

“所以一直没有回东京。”

“况且现在也没脸面回东京了。”

香澄用词很老派。是不是因为她做了黑帮老大的情妇，连老家都不敢回去了呢?

“优司曾经救过我。没有他,我恐怕早就完了。”

说着,她向优司抛了个会意的媚眼。

“没有那么夸张。”

优司嘟囔了一声。

“我说的是真的。所以,我心甘情愿为他做一切事。但是他从来什么都不说。”

“你说他救过你?”

美帆问道。

“这里说有点不方便,我是在上班时间呢。”

香澄露出笑容企图糊弄过去。美帆捕捉到她的眼睛里瞬间闪过一道光芒。

约一个小时后,优司终于开口说话了。应该是一定量的酒精进入身体内心情变得好起来的原因吧。

“我离开樱花学园的时候,小柳老师还专门来看望过我。”优司说道。

“是吗?”

美帆大吃一惊,因为父亲当时已经回到大学了。

“他对我说，即使去了叔叔家，有困难的时候仍可以随时去找他。那时，我生平第一次收到了名片，反面还写着你们老松老家的住址和电话。”

优司仰起脖子，一口干掉了酒杯中的威士忌，又示意让香澄给他再满上。

“当我知道要被卖到捕鱼船上时，还曾想过去找老师商量。”

“那为什么不来呢？两百万的欠款，我想我父亲很乐意为你偿还。”

如果这样，当时你高中就不会辍学，也不会加入黑社会了！这句话美帆是在内心说的。

“家丑不可外扬。如果是我自己欠债，我可以求人。我叔叔欠的债，我没有理由去让别人偿还。”

优司继续说。

“老师曾经对我说，为了我，无论是钱还是其他任何东西他都愿意付出。他这么一说我更不可能去找他说钱的事了。现在回想起来，至少去找老师商量一下也好啊。当时我真傻，还是个孩子。”

香澄听得兴致盎然，插嘴道：

“等等！他说‘无论是钱还是其他的任何东西’，这‘其他’

是指什么呢？他还想给你什么呢？”

优司没有回应她。听了优司的这番话，美帆觉得父亲在自己心中的形象发生了变化，得找个时间告诉弟弟正也。她暗暗想道。

刚过十一点，莉莉子来店里了。

看到优司和美帆她很高兴，在香澄的旁边坐下后还一直嘟囔着：“怎么回事？你们怎么来了？”

香澄把美帆父亲去世的事说了，莉莉子眼噙着泪水对美帆叫了一声：“姐姐。”

美帆与莉莉子今天才见第二面，而且时隔很久，美帆感觉如同是自己多年相识的好友一般。

四个人再次举杯，又喝了起来。莉莉子端起啤酒杯就要一口干掉，吓得美帆赶紧把手抽回来。

“莉莉，今天不去店里了？”

一会儿，香澄问道。

莉莉子灌了一口啤酒，说道：“今天休息。”

“研一从昨天就很消沉，情绪怪怪的，我不放心他一个人在家。”

她又补充道。

“那你怎么又出来了?”

“因为现在他好像又没事儿了。”

香澄皱起了眉头。

“你是不是又给他吃药了?”

她语气严厉地对莉莉子嚷道。莉莉子把杯中啤酒一口干了。

“我没给他吃药。”

莉莉子露出意外的表情回答道。

“说谎! 肯定是给他吃了药,你才跑出来的。”

香澄突然愤怒起来,莉莉子吓得低下了头。而优司一句话都没有说。

“追求你的梦想前,你要好好看看脚下的路,要打好基础啊。研一并没有彻底戒药,你们再这么下去,肯定要出大事的!”

莉莉子索性不说话了,目光呆滞地盯着空啤酒杯。

“莉莉,我的话你究竟听了没有?”

“我都知道。”

“既然知道,以后不管研一怎么求你,你都不能给他药了。”

听着她俩的对话,美帆似乎醒悟了——原来她们说的“药”就是指兴奋剂或是毒品啊。

看她们两人如此司空见惯、若无其事地讨论这种事，美帆觉得自己跟她们完全不是同一路的人。

“莉莉子。”

优司终于开口了。

“赶快跟研一分手吧，那家伙活不长的。”

“妈妈桑以前不也是这样吗？她有什么资格指责研一！”

莉莉子将脸转向优司，一脸委屈地控诉道。

“香澄早就戒掉了。”

优司的语气低沉得瘆人。

“妈妈桑只是见不得别人幸福。”

莉莉子恼怒地反驳道。

“够了！”

优司突然厉声大喝，怒吼声响彻店内。

美帆吓得浑身哆嗦了一下；坐在里面的客人也朝这边投来惊讶的目光；坐在对面的香澄和她身边的莉莉子则战战兢兢，不寒而栗。

“香澄这么说也是为了你和研一好。正因为她以前吃过吃药的苦，所以才不想让你们再受同样的罪。最近研一把店铺交给了临时工，自己去掺和一些奇奇怪怪的事，以为我不知道吗？

再敢瞒着我做坏事,我决不饶他。莉莉子你要做好心理准备。”

莉莉子哭丧着脸点点头。

香澄伸开臂膀搂住她的肩,她顺势倚靠过去。

十月五日

噩梦把美帆惊醒。

——她到阳台上把晾着的床单收进来。微微的夏风把轻薄的蓝色床单吹拂到她的脸上，她双手把床单从晾衣架上拖了下来。被太阳晒得热烘烘的床单触到了她露出来的胳膊，感觉暖融融的。她把床单揉成一团放在床上，等它散会儿热再叠起来。

当美帆正要走出卧室时，背后突然响起巨大的振动声，她急忙回过头来，停下的振动声再次响起。

声音是从刚才揉成一团的床单里发出来的。

“嗡嗡”的刺耳声响和“窸窸窣窣”的震动声响此起彼伏，交相呼应。

美帆顿时一阵冷汗。完全没注意到床单里竟然裹着东西。是虫子吧？如果是，一定很大。

美帆战战兢兢地靠近床单。令人恐怖的声音随着一步步靠近而愈加响亮，从正面往下看根本看不到什么，东西藏在里面了？不能让它跑出来，美帆把床单从两端包起来抱在怀里，快步走到阳台，顺着强风猛地抖开……

咦？什么也没有！

床单里面既没有蜜蜂，没有金龟子，也没有竹节虫。

在没留意时飞走了？能够发出那样巨响的虫子，飞走时不可能看不见啊！似乎说不通。

美帆纳闷地从阳台回到卧室。

就在她关闭窗户的瞬间，突然一阵巨大的翅膀扑打的声音响起，一只庞大的黑色飞行物从眼前掠过飞走了。扑打翅膀的巨响也停了。

万籁俱寂。

美帆吓得双眼闭紧。片刻，她小心翼翼地睁开眼睛，慢慢地朝屋内环视一周，她似乎察觉到什么，抬头朝天花板望去。

美帆发出了一声尖厉的惨叫。

——她醒了。

已经记不清挂在天花板上的那个巨大物体长什么样儿了，只记得是一团红黑相间的怪物。

昨晚她写稿一直写到凌晨五点，困得连澡都懒得洗就上床睡觉了。现在已经十一点过了，她下床径直朝浴室走去。

她一边吹着头发一边煮着咖啡。在往马克杯里倒了满满一杯放在客厅的桌子上后，她才坐了下来，打开电视，大大地喝了一口。

正是午间新闻播报时间。

电视画面吸引了她的目光，她把声音调大，以便清楚听见记者的解说。

“我现在位于事发现场的隅田公园旁河岸上。近年来，许多无居所人士在这一带搭建了纸板屋，事发的昨晚亦有数十名无居所人士睡在里面。凌晨两点左右，包括被害的两名少年在内的六名嫌疑人拿着球棒、铁棍和装满汽油的塑料桶等到隅田公园集合，目击者看到他们直奔事发现场，将汽油浇在纸板屋周围，然后点着了火。”

手拿麦克风的男记者随着摄像机镜头跑了起来。摄像机镜头扫过的地方正是四个月前她和优司两人一起走过的隅田川沿岸散步道。

摄像机镜头停了下来。

“透过镜头大家能够看到，这条警戒线的后面堆积着被烧毁的纸板屋的残骸。”

“啊，看到了看到了，一片乌黑的残骸，像座垃圾山。”

“是的是的。现在警方和消防人员还在进行现场取证，数十所纸板屋大都被彻底烧毁，稍微走近一点，能感觉到塑料烧焦的臭味扑面而来。”

在现场记者与新闻栏目主持人对话的过程中，摄像机镜头依然清晰地拍摄着警戒线里面的情况——身穿制服的人员在里面忙碌地穿梭着。

棚户区纸板屋的景象美帆现在仍记忆犹新，优司背着的那个流浪汉的纸板屋应该就在这里。

“凌晨两点左右，居住在纸板屋里的人士发现起火了，立刻逃出来，并与纵火者展开了一场搏斗。据事发现场的一位流浪汉描述，他慌忙跑出来时遭到一群挥舞着球棒和铁棍的年轻人的追杀。目前警方刑拘的嫌疑人海江田茂树也住在纸板屋里，他以前曾遭到过这群少年的欺辱，于是他手持木制长刀和纵火者厮打起来，其中两名少年的头部遭到木刀的砍击，最终不治身亡。”

“能够断定欺辱嫌疑人海江田的那群年轻人和这次纵火的少年是同一批人吗？”

“是的。据警方上午公布的调查结果，此次纵火的六名人员中有人参与过殴打海江田。目前这六名少年中有两名死亡，四人重伤，调查还将进一步深入。据其中一名少年的供述，今年五月下旬，他们之中的四人曾袭击过嫌疑人海江田，当时有一名男性路过，那名男性大打出手，把他们打得半死。于是他们怀恨在心，邀了另外两名同伙一起来到案发现场复仇。"

"不过，五月份的凌辱事件已经过去多时了，怎么至今还……"

"是的。五月份的时候他们四人都被那名男性路人折断了右胳膊，这次应该是在骨伤恢复了后才来作案的。详细情况有待警方的进一步调查。"

演播厅内的一名嘉宾提问："今年五月事件中的那名男性路人，其身份查明了吗？"另一位嘉宾也对那位神秘的男性产生了浓厚的兴趣，接着问道："应该是路见不平，拔刀相助吧？突然看到欺辱的场面，一人上前把四个人的胳膊全都打折，真令人难以想象。要是拳击选手的话就另当别论了。"

"接下来，我们将继续追踪报道案件的调查情况。"

主持人做了总结后，画面切换成了广告。

美帆不停地切换频道，收看各电视台的新闻。

关于案件的情况，与第一个新闻频道播报的内容大致相同。

情况基本明了,昨天凌晨袭击隅田公园旁边棚户区的六名人员中,有四人是中学生,其中两名高中在读,两名辍学。其余两名人员一是大学生,今年 19 岁,另一名是无职业者,18 岁。那名 19 岁的大学生是这场纵火袭击案的主谋,已被故意杀人罪嫌疑人海江田殴打致死。另一名身亡的是一名辍学的学生。纸板屋内的二十几名流浪汉看到海江田大打出手,也随之加入了群殴之中,由于他们人多势众,很快将另外四名袭击者打得招架不住,伤势严重。目前,有八人已经被警方带走,包括海江田。不过,尚未披露群殴的具体过程,未被警方带走的流浪汉证实,殴打大学生致死的确是海江田。“(袭击者)中有一人好像是头儿,他发疯一般挥舞着铁棍冲在最前,被一个手持木刀的人砍中头部,很快就倒地死了。”他面对摄像机镜头这样说。其他人虽然没死,但一名高二的学生陷入严重昏迷中,另外三人也身受重伤。接受警方问询的是那名 18 岁无业男子,只有他还能开口说话。至于在五月欺辱事件中帮助海江田的那名神秘男性路人,各大电视台都有提及,内容与第一次看的报道大同小异。

专门欺负流浪汉的少年们前去复仇,却被对方杀死了两名同伴,这一令人震惊的新闻被各大报纸和电视台进行了大肆报道。

美帆完全沉浸在那条新闻之中,不管是端坐在电视前还是电脑前,都是目不转睛地盯着屏幕——除了在洗澡后喝的那杯咖啡,她一天没吃过任何食物。

她的目光离开屏幕时,窗外夜幕已降临。

关掉电视,拔掉了电脑电源,她站起身长长地叹了口气。

房间已经昏暗。

拉上客厅窗帘,打开灯,墙上挂钟的指针已经越过五时。

她觉得有些头昏脑涨,可能是盯着电视和电脑屏幕看得太久的缘故吧,一阵阵钝痛从右侧的后脑勺和眼睛深处传出。她知道如果服药不能空腹,而现在又完全没有胃口。在吃了一片乐松后,她在沙发上躺下了。

四周一片静谧。

这套位于表参道后街的公寓是美帆三年前买下的,比邻同润会公寓和神宫前小学。去年,同润会公寓被拆除并在原址上重建,现在还是建筑工地。从美帆的公寓到原宿车站步行不到十分钟。很难想象,在喧嚣拥挤的表参道地段居然有这样闲静且交通便利的住宅区。当初看房时美帆看了一眼就决定买下,完全是被这种闹中取静的强烈反差所吸引。住了三年之后,更加觉得当时的决策真是无比正确。

当然，这是一栋老公寓，有20年楼龄。两室一厅的户型、65平方米的面积根本谈不上宽敞。因为是托房地产界的朋友帮忙找的，首付七千万日元，性价比不错，月供也不高，以美帆的收入是能够轻松供房的。

然而，这种宁静的氛围今天并不能安抚她焦虑的心绪。

——令两名少年袭击者致死的海江田茂树，肯定是五月二十八日晚上优司救下的那个流浪男人，那把凶器就是优司买来送给他的木刀。记得优司当初买那把木刀时，美帆曾问过他是不是要送给那个男人，优司冷笑一声回答说，那伙人敢再来，他可以用它来砍死一人。如今，优司所言应验了，海江田真的打死了来复仇的少年，而且是两人。

优司不仅给海江田凶器，还折断少年们的右臂，从而令他们产生了强烈的报复心理。优司教训他们的做法确实有点过头。

自己呢？近在咫尺，目睹了这残忍的一幕，默认了优司对那群已经负伤躺在地上痛苦哀号呻吟的少年实施更残忍的暴力——将少年们的胳膊一个接一个折断的全过程，不仅丝毫没有去阻止他的念头，相反竟有一种奇妙的痛快感传遍全身，身体居然激动得颤抖起来。

优司这种以牙还牙的暴力行径是导致两名少年昨晚被打死的直接原因。

优司把木刀交给那流浪汉时我为什么不阻止呢？我为什么不制止他实施过度的暴力行为呢？少年们遭到重击又被折断胳膊躺在地上痛苦哀号时，我为什么居然置若罔闻、视若无睹呢？

越往下想，美帆越感到胸闷，简直快要窒息一般。

刚才看电视新闻时美帆就感到事态严重，但不敢往下想，不敢去分析，只是专注于新闻所披露的事件过程，试图以此来分散注意力。

两个人被杀了。而自己和优司间接促使了这起杀人事件的发生。

美帆用双手捂在脸上，做了个深呼吸。

警察很快就会调查到的。

她心中默念道。她感到恐惧，不寒而栗。

警方从何处入手进行调查她不得而知，但确定凶器的来源无疑是首先要被问到的事项。当然，五月份欺辱事件的详细过程也会被一五一十地抖搂出来。虽说当时已是深夜，但路灯亮着，优司把他背回纸板屋，而后又返回送给他一把木刀，这些足以让海江田看清楚优司的脸以及跟他同行的美帆的脸。

虽说当时他们并没有暴露身份和姓名,但警方完全可以根据海江田的记忆制作逼真的肖像图,然后,派警员在浅草一带的商店一打听就能够知晓优司和美帆曾在“米久”吃过饭的行踪,顺藤摸瓜,从酒楼当天的预约簿上查到美帆的电话号码就只是时间问题了。这样,一切岂不昭然若揭,暴露在光天化日之下?

美帆觉得四周凉风习习。

警察找上门来了怎么办?装作完全不知情,死扛过去逃过一劫?不过,警察一旦介入她的人际关系调查,优司的踪迹就立刻浮现出来,优司是有前科的人,警察对他可是了如指掌,无论是指纹还是照片,抑或是生活习性……

警察还会把照片拿出来,给那些受伤较轻尚能说话的少年辨认,他们肯定异口同声:“就是他!就是他!就是这个男人把我们打得半死,为了复仇我们才去袭击那些流浪汉的。”

于是,各大媒体就会突然对五月份的欺辱事件中偶然路过的神秘男子产生浓厚的兴趣,然后追踪他。而那名男子是福冈的黑帮成员,仅这一条就足够吸引读者眼球,足够让各大媒体周刊小报不吝笔墨,大写特写了。接着,深夜里还和这个黑帮打手在一起的女人也会随之曝光。这个女人心肠歹毒,对那些被折断胳膊痛得满地翻滚的少年弃之不顾,还和那个黑帮成员一起将凶器交给犯罪嫌疑人,最终导致两名少年死亡……

够了!美帆猛地从沙发上坐起来,她觉得脑袋裂开般地痛,胸口也更加憋闷了。她把手贴在额头一试,很烫——洗完澡之后她一直穿着睡衣看电视,想必是受凉了。

怎么办呢?如此下去岂不完蛋了?浓重的愁云,成团结块地在胸中淤塞着。

她站起身来走进厨房,从冰箱里拿出一罐啤酒,拉开拉环一口气将那金黄色的液体全部倾入喉咙。冰冷的液体顺着食道流进胃里,立刻感到头脑清醒许多。把空啤酒罐放在案板上后,她回到了客厅,接着,拉开窗户,把头伸出窗外,让凉爽的风轻拂着脸——一抹残阳眼看就要消失在街的尽头,她久久凝视着。

也好,听天由命吧,今后的人生最终会有什么结局,随它去吧。

美帆想道。

无所谓、听天由命——每当走到人生的十字路口时,美帆总会冒出这样的念头,她认为,这与个人的意志坚强与否无关,是各种际遇降临时自然而然产生的想法,是对命运的无常和不可测的无奈。这种一直根深蒂固盘踞在她的心中的"车到山前必有路”“随遇而安”的心态，令她一方面担心因此丧失很多机遇，另一方面又觉得，这才是面对纷扰命运的真正坚强的心态。

吃了些食物后，她拿出早晨写好的稿子开始修改。

这时，她已看完了九点钟的 NHK 新闻报道和十点钟的朝日电视新闻节目，她把自己关进玄关旁 13 平米大的房间，那是她的工作室。两个电视新闻都再次重点报道了这一事件，但都没有提供新的爆料，只有“昏迷的少年已经脱离了危险”算是一条新消息。

玄关的门铃响了。

美帆举腕看表，十一点十五分。

谁会深更半夜来找她？不可能是黑川丈二。为采访在河内举行的 ASEM（亚欧峰会），他昨天出差去了越南。

难道是警察找上门来了？

刹那间，一股电流般的恐怖感传遍全身。

美帆来到玄关，忐忑地透过猫眼——她看到仲间优司站在门外。

于是她急忙打开门。

“怎么了？”

她神色紧张地问。

“不好意思,在你要休息的时候我上门叨扰。”

优司露出一脸抱歉的神色。

“要不要出去喝点酒?”

他问,语气仿佛是隔壁邻居闲来无事顺便来串门一般。

他是乘坐傍晚的飞机赶到东京的。按照名片上的地址,他一路顺利地到达表参道车站,之后花了大约三十分钟时间找到美帆的公寓。

“东京的路真太难找了。”

优司一边走着一边抱怨。

来到表参道之后,他们沿着246国道方向走了五分钟,在一家酒吧前站下,径直推门走了进去。酒吧门上写着“ONE PENNY”,还挂着吉尼斯的广告牌,像是一家爱尔兰酒吧。

店内居然一片拥挤。优司目不斜视地对待迎上来的侍者,直接走到最里面的桌子前坐下。他没有戴墨镜,侍者一直紧跟在他身后。

“坐这里可以吗?”

优司问。侍者立刻站直回答道:“可以。”

美帆坐在皮革椅上,优司坐在她对面的木椅上。

“刚才找你家时，我发现了这家酒吧。”

优司翻着菜单笑着说。他点了一品脱的吉尼斯，美帆点了半品脱的基尔肯尼。另外还要了一份炸鱼薯片。

“你不饿吗？”

美帆问道。

“喝啤酒就够了。”

优司回答。

酒送上来之后，两人先干一杯。啤酒冰镇的程度适宜，滑腻的泡沫喝起来口感很好。

“看到新闻了吧？”

可是，优司只是抿了一口就把酒杯放下，问道。美帆默默点点头。

“不要理它！”

优司面色刚毅地说。

“对你来说，可能觉得是个事儿，其实有个毛关系啊？”

美帆注视着优司的丹凤眼——大、细长、温柔，她心里思忖，他真不适合做黑社会。

“你就为了说这个特地跑来找我？”

美帆降低音调说道。

“是啊。我担心你,怕你心里承受不了跑到警察那儿自首了。我们没有做坏事,编故事、捏造罪行却是警察的专利啊。”

“你是为了让我闭嘴才来的?”

“算是吧。”

优司大笑起来。

美帆看着他那张笑脸,一股无名火蹿起,气急败坏地嚷起来:

“你至少要对我说声对不起吧?”

“为什么呢?”

“是你把我卷入这场打杀事件中的,是你让我惶恐不安的。”

“我又没有做坏事。”

优司面不改色。

“你完全没必要把他们打得那么惨。”

美帆只字不提自己当初的袖手旁观、坐视不管。

“我只能那么做。不然,那伙人当晚就会放火烧掉纸板屋。”

“……?”

“当然。”

“你怎么知道?”

优司露出讶异的表情。

“你没看见他们有人准备了塑料桶吗？就是打算去泼汽油放火的！”

“塑料桶？”

意外的信息，让美帆一下蒙了。

“地上放着两个塑料桶啊，就在旁边。难道你没注意到吗？”

优司不得不感到惊讶。

“当时那位大叔也说，这些家伙迟早会来放火的。”

简直出人意料，美帆蒙了，完全无言以对。

“所以，你才把他们的胳膊折断？”

“当然啊。要不然，我怎么会对一群素昧平生的小家伙下狠手？”

优司将桌上的啤酒杯端起，一饮而尽。随后，又叫了一杯吉尼斯。

吉尼斯和炸鱼薯片一起送了过来。

“早知这样，我们应该报警。既然他们带着塑料桶，警察肯定不会放过他们。”

美帆还在发愣，好半天才缓过劲来。

“警察管什么用？一句话，证据不足！况且他们还是未成年人,只能暂时收容,不能正式逮捕。这帮无赖准备把在公园厕所遇到的流浪汉一顿猛打之后,就去一把火烧掉纸板屋。你能原谅这些人吗？你没有看见那位大叔的下身已经被他们用球棒捅得青一块紫一块,都快溃烂了?”

优司目光顿时凶焰迸射。

美帆第一次看到他这种眼神。

“这些人渣,折断他们的胳膊算便宜他们了。”

“现在已经死了两人。难道他们就该用生命去偿还吗？要是你不那么狠心,要是你不把木刀给那个流浪汉,结局就不会这样。我也不用担惊受怕,时刻忐忑会被警察叫去问询,你不也是因为担心才来看我的吗?”

“我不是害怕警察才来的。”

优司嘟囔道。

“你明明这么说了,我要是去找警察,肯定会给你带来麻烦。”

优司沉默下来,一脸无奈地看着美帆。

“小柳。”

优司轻轻叫道。

“小柳,有人杀人,有人被杀,人生无常,生死难测啊。重要的是活要活得精彩,死要死得有意义。这次发生的事件,正义明显在大叔一方。那么,我们帮助他没什么见不得人的。大叔他不会把我们说出去,千分之一的可能性都没有。即使警察找到我们,我们又犯了什么罪呢?在那种情况下给大叔一把木刀自卫也是人之常情吧。况且,被我折断胳膊的家伙们当时也没有报警啊,警察能把我们怎么着?小柳,这群小鬼当晚的行径就相当于挑起一场战争,既然开战,就得做好死的准备。这种事怪不了别人。你真的不必自责,就全都怪我吧。"

话说到此,优司停顿了一下,喝了口啤酒。

"我还是小鬼的时候也和一些少年混混打过交道。即便是黑社会,也要讲规则守规矩,绝对不许欺凌弱小的。那群小鬼不讲规矩,是一群只会欺猫虐狗的变态狂,他们像对待蝼蚁一般欺辱生活在社会底层的流浪汉,想烧死他们来取乐,这些小鬼死了也是罪有应得。我敢说,那群骨子里与人为恶的人渣,活在世上只会惹是生非,绝不会做出什么好事来。"

深夜两点,他们走出爱尔兰酒馆。

光吉尼斯优司就喝了十杯,美帆也跟着喝了不少。

"我送你回去。"

优司走在前面，美帆快步追了上去。夜色阑珊，和暖的晚风吹拂在被酒精弄得微微发烫的脸上，愈加感到热乎乎的。街上人影全无，只有他们俩在默默地肩并肩走着。

美帆的公寓到了。

“仲间，接下来你怎么办？”

美帆问道。

“我去找一家网吧打发时间，然后坐第一班飞机回去。”

优司居然找网吧去打发时间，美帆觉得有点不可思议。

“要不就住我家吧？至少可以在沙发上小睡一会儿。”

“不用不用。”

优司慌忙摆摆手。

“拜拜。”

说完，他转过身，快步从美帆眼前离开了。

十一月七日

大排翅端上来后，女招待又端上了时蔬烩鲍鱼，美味菜肴被细致地分成四份，分别放在每人的面前。

黑川丈二一直在喋喋不休地谈论日本政局。

虽然在七月的参议院选举中惨败，但是加上不改选的议席，总数仍是超过一半，首相的连任已是板上钉钉，毫无悬念。何况现在并没有一个强有力的接班人，执政党也就顺利地认可了首相的连任。九月份的内阁改组和党内人事变动，党内三大高层换掉了两位，只有堀米干事长继续留任。换血后的新人全部支持被称为“首相夙愿”的邮政民营化政策，此举不仅巩固了新内阁和新党部的地位，也表明了进行邮政民营化改革的决心。

“党内大部分人对新内阁新党部仍持怀疑态度或是半信半疑，甚至有的议员对他们不屑一顾，认为不过尔尔，做不出什么事来，并称如果一意孤行胡来就要‘倒阁’。但是，首相对于邮政民营化的决心是铁定了的。内阁改组前他访问美国时，在纽约出席新闻会上曾言之凿凿地表明了民营化的决心。'我对民营化的决心没有改变,不识时务者迟早会被淘汰。'各大媒体都报道了首相的这一言论,其实,他当时的表达并没有这样含蓄委婉。"

父亲黑川庸一和母亲翠在一旁认真地听黑川丈二高谈阔论。美帆一边观察他们的用餐速度,一边默默地把菜肴塞进嘴里。

"至迟明年夏天,政局一定会发生大动荡。首相决心推行邮政民营化,想方设法通过此法案,在得知内阁是动真格的之后,党内势必分成两派,或许就此分崩离析。届时,首相或许会押宝似的把政权赌上,宣布解散议会进行总选举。当然,堀米等人也意识到了前所未有的危机,因为根据惯例,党内一旦出现分裂局面,选举肯定会失败的。"

黑川丈二终于夹起还没吃完的鱼翅。

"你打算怎么做?"

父亲庸一喝了点绍兴老酒便脸颊通红。他虽年近古稀,但精神矍铄,外表显得年轻。美帆曾暗自揣度他那头黝黑的头发是染的,但仔细观察又貌似猜错了。父亲庸一和丈二一样,都是身材魁梧,五官轮廓分明。

“宣布解散对我来说是个机会。如果邮政民营化成为争论的焦点,那反对派肯定会被踢出局。这样,新人就有机可乘了,到时候也不是没有出头的机会。”

黑川丈二也喝绍兴酒。因母亲翠喝乌龙茶,所以美帆也没喝酒。翠跟美帆的母亲早苗年龄相仿,但她身材娇小玲珑,不惹人注目,虽不像早苗那样风姿绰约,但五官长得精致,很耐看。

“儿玉先生支持哪一派?”

儿玉是跟黑川丈二同一选区——奈良一区选出来的众议院议员。奈良市的大部分地区都是划归一区选举区。

“他是个坚定的反对派。”

“他以前当过邮政大臣。”

“对,对。”

“就是说,你有可能跟儿玉先生决一胜负喽?”

黑川庸一露出为难的表情。

八月初美帆跟丈二两人去奈良的时候,他们父子俩曾讨论过同一个话题。支持儿玉议员的桐山组和黑川建设是平分奈良市城建和住宅建设的两大建筑公司,身为社长的桐山贞行和黑川庸一有多年的合作关系。如果黑川丈二参加一区的议员角逐，势必会在他们之间出现一些微妙的变化。

盂兰盆节扫墓时，丈二又去了一趟片濑市，跟早苗和正也进行了一次深入的交流。由于盂兰盆节是在父亲的七七之前，所以只邀请了亲戚前来参加，也就没有看到优司的身影出现。

回东京的途中，美帆顺便拜访了黑川丈二的老家，与其父亲黑川庸一和母亲翠正式见了面。

自此以后，美帆就没再见过黑川庸一，跟翠却在九月时又见过一面。她来东京办事，在黑川丈二位于高轮的公寓住了五天。其中一天美帆前去为他们下厨，与他们共用了晚餐，之后还陪她去了一次银座购物。相处过程中，美帆发现翠并不像她的外表那样温柔、脆弱，她是一位争强好胜的女人，内心十分刚烈。初次见面美帆就觉得跟她难相处，九月份再见面时这种感觉越发强烈。

北京烤鸭和炸豆腐皮送上来了。黑川丈二尤其喜欢北京烤鸭，美帆就把自己的那份也拨到他盘子里。

“你们父子俩的关系真好。”

美帆笑着说。

满脸通红的庸一扭动壮硕的身躯转向美帆，说道：

“美帆，听说你是养女？”

九月份与翠见面时，美帆曾介绍过自己的身世。

美帆看着他，淡淡地答道：

“是的。”

黑川庸一的座位背后是东京市中心最美丽的夜景。他们四人正在新大谷酒店26楼的“大观苑”包厢里。儿子黑川丈二的人生最终目标——国会或首相府也近在咫尺。

“听说你完全不记得亲生父母是谁了？”

“是。因为两岁时被送进孤儿院，随后就被人领养了。虽然还能记得被现在的养父母领走的场景，但之前的事情则完全没有印象了。”

提起养父母，美帆才真真切切感到父亲不在的失落。这是她第一次对于养父小柳俊彦的死感到悲伤。

“没有其他的亲人吗？”

翠问道。

“听说还有一个舅舅。”

“舅舅在哪儿？”

庸一追问道。

“不记得了。听我爸妈说，舅舅把我送到福利院后就一直去向不明。”

庸一的表情并没有释然。

“查一下户籍应该能知道亲生父母是谁吧?”

“应该可以,但我从没想过,也没向父母提起这件事。”

一旁,翠露出了惊讶的表情。

“难道你一点儿不想了解亲生父母的情况吗?”

“我想,我的亲生父母可能死了。”

美帆说道。这件事,她连丈二都没告诉。

“为什么?”

庸一问道。

“直觉吧。”

“直觉?”

“对。”

美帆眼前浮现出做去除腿上胎记手术的情景,往事历历在目。

“你妈妈生前应该很漂亮。”

翠说道。

“不知道。”

美帆垂下头,若有所思。

“她的养母也是个大美人。”

黑川丈二说。

美帆的脑海中浮现出了父亲去世的前天晚上沉睡时那张轮廓英俊的脸庞,耳边也仿佛响起了父亲当时的话。父亲说,他深爱的那个女人已经死了,这件事是在他与那个女人再次相见时才知道的,还说,那个女人来找他还告诉了他很多他所不知道的事。

“美帆你这么漂亮,怎么一直不结婚呢?”

第一次见面和九月份第二次见面时,翠都提出了这个问题。翠还对她说:“应该很多男人追你吧。”

“我说过了,这都是我的错。因为我,美帆才对男人抱有戒心的。”

丈二每次都这么解释。

并且,翠每次都会露出得意的表情,今天也不例外。

总而言之,作为母亲,翠为自己的儿子骄傲,儿子把这么漂亮的女孩子甩掉了七年,她还在苦苦地等待,还能够招之即来。她是为儿子的手段和魅力感到骄傲——美帆内心这么想。

“请不要再说我漂亮或者是个美人的话了。”

美帆说道。

“哎呀,那为什么?”

翠十分惊讶。

“应该是这些话都听腻了吧?”

丈二的父亲笑着插嘴道。

“但不能把我的夸奖跟别人相比啊。我不是恭维。”

翠脸色微愠地说道。

“听妈妈您这么说,总觉得像是在讽刺我是个华而不实的女人。”

美帆这句话令翠顿时变了脸。一旁的丈二也无所适从地看着美帆。

他们四人围坐着圆桌。美帆的左边是丈二,右边是庸一,对面是翠。

美帆只是说出了一直憋在心里的话而已。

“我可没这么认为啊。美帆你工作也很认真,也很会做菜。”

“对不起,我冒昧了。”

美帆道歉说。

“好了,大家都别说了。”

庸一站起身来打了个圆场,然后坐下,语气郑重地说:

“丈二如果参选你就得辞去工作，这没问题吧？刚才说过，如果进展快，选举明年夏天就开始，这样，你们的婚礼就要抓紧喽。”

因为美帆还在服丧期间，所以两家商定明年年初订婚，六月举行婚礼。

“婚礼的事按我们之前商量好的办。”美帆说道。

八月去奈良时已经商量好，如果丈二当选参议员美帆就辞去工作专心服侍家庭；而且，即便在参选期间也要一心一意地参与辅选事宜。

“选举就拜托你了。有你这么漂亮的女人辅选，亲戚和后援团一定会很高兴的。不过，那些有权有势的人都爱嫉妒，所以在辅选过程中务必注意优雅的风度和谦恭的气质，别人三十度鞠躬，你就六十度，别人六十度鞠躬，你就九十度。”

庸一摆出一副家长的威严，抑扬顿挫地说道。

“没关系，我已经是老姑婆了。”

不知为何，美帆的心情突然烦躁起来，她觉得自己越来越不能忍受这种氛围。

“别这么说，不然，娶你的丈二该多可怜啊。”

翠反唇相讥，话中带刺。

“所以嘛，对于选举来说，老姑婆不是正好吗？我相信爸爸刚刚说的也是这个意思。”

“我丈夫的意思是，不要仗着自己长得漂亮就骄傲自大，并没有让你连基本的自尊也丢掉啊。作为议员的妻子，时刻保持雍容矜持也是必须的。”

“我从没有因为长得漂亮而骄傲自大过。”

“你这种想法才容易让别人误会，你应该更加谦虚一些。我丈夫说的不就是这个意思吗？”

翠的话像连珠炮一样劈头盖脸过来，不给美帆任何解释的机会。

美帆低下头。丈二和庸一都面容紧张，正襟危坐，一言不发。

长久的沉默，持续……

美帆轻轻地叹口气，然后深吸了一口气，收紧腹部，眼光含着悲怆和冷峻。

她抬起头，盯着眼前黑川丈二的母亲。

——这一天终于来到了。她觉得自己能跟丈二破镜重圆，就是为了今天这个机会。

“你、们、真、是、太、烦、了！”

美帆一字一顿地吐出这几个字。

她冷峻的目光依次扫过他们三人惊愕的面部，继续说道：

“第一次见面时，您就一直絮絮叨叨地‘真漂亮，真漂亮’，对于你们儿子的未婚妻，难道您就没有别的话对我说吗？之后的见面也是如此，真漂亮，是个美人，今后不管带到哪儿都不会丢面子什么的。活到这把岁数了，你们究竟都学到了什么？长得漂亮又能成你们的儿媳妇，你们的儿子就不会丢面子了，人世间之常情，可以理解。但这里面还有什么其他原因呢？

“我的漂亮是天生的，天生丽质，不是通过后天的努力获得的，我从来没有像一些女人那样为追求美貌，为自己的外表费尽心机。我的人生奋斗、我的精神世界的充实并没有在我的脸上体现出来。因此，对我的现实生活而言，美貌与否根本没有直接关系，无所谓的。这种连我自己都不在意的事被别人妄加评论，即使是赞美，也让我觉得腻味甚至讨厌！对于我这样一个成年人，你们除了称赞外表还是称赞外表，说明你们根本就没有动脑子，也很低俗。

“迄今为止，我因容貌漂亮而获益匪浅的例子不少，但吃亏的例子更多。所以，对于那些靠脸蛋吃饭，一旦年老色衰就被抛弃的工作，我从未涉及，并且对此不屑一顾。我自信，无论是模特,还是主播,抑或是影星我都能够胜任。走在街上,每天都会被好几个星探搭讪,不计其数的摄影师、电影导演以及制片人向我约片。不光男人,就连你这样的女人也会说'女人就是要靠脸蛋,靠年轻',然后像对待一件物品那样对我挑挑拣拣。你们像对待物品一样对待我,从而显示你们自己的高贵和优越,这本质上就是嫉妒;还是说你们从骨子里就认为五官端正的人比那些不漂亮的人在人格上更优越一等呢?这种低俗的想法我真是受够了,烦透了。"

言毕,美帆把铺在腿上的餐布静静地放回餐桌上,拉开椅子站了起来。

"我先告辞了。"

她取下房间一角衣帽架上的皮包,头也不回地走出了包厢。

黑川丈二一家人没有追上来。

十一月八日

美帆认为,男女之间发生肉体关系是件非常神圣的事情。这种看法从少女时代产生至今都没有改变。美帆二十岁生日那天开始和黑川丈二正式交往,丈二是美帆的第一个男人。后来,与丈二分手后的七年间,美帆真正认真交往的男人只有一个。

那人是她在二十八岁时认识的。

与丈二分手后,美帆沉湎于工作,以此来排遣心中的寂寞与郁闷。她被选聘为一个新办的女性杂志的创刊号成员,新的环境正适合她废寝忘食地投入工作。一天,她突发奇想,打算趁休息日时出海玩一玩,于是一时冲动地买了一艘简陋的游艇。虽然只是一艘四百万日元的简陋小游艇,但她和编辑部的朋友一起考了游艇驾照,商定每月去东京湾玩个一两次。在那里,她认识了这个人。他拥有好多艘三千万日元级别的豪华游艇,一次美帆受邀去参加他在船上举办的派对时,两人相识了。之后,她和编辑部的朋友一起向他学习驾驶游艇的技巧,熟悉在东京湾内和湾外驾驶的安全路线。

他是经营房地产公司和酒店的实业家，当年四十五岁，有过一次失败的婚姻。

当时，美帆和黑川丈二已经分手两年半了，她再也不会为他整夜哭泣，以泪洗面，也不会为偶然听到他的消息而心跳过速、呼吸急促了。但美帆仍是不时梦见他。在梦里，黑川丈二就在身边，倍感安心的美帆有一股发自内心的幸福感。而且，她总是在天亮时或者工作很累时梦见他，梦醒之后总是泪流满面。

那位实业家为人和善，性情敦厚。有天晚上，美帆在船上因吃牡蛎而中毒了，一直昏迷不醒。他把自己的医生朋友叫到船上为她治疗，还在一旁照顾了她整整一晚。除了黑川丈二之外，第一次有男人对她这么体贴入微。

一个月之后，他们发生了关系。

美帆不清楚男人的生理，或许男人能够随便和任何一个女人上床吧？但是女人不行，美帆想，至少自己不行，在双方感情没到那一步之前，她绝对不会为男人宽衣解带。

记得和丈二开始交往时，听他说交过女朋友，也上过床，为此美帆痛不欲生，内心深受打击。丈二当了记者后，出差时受到同事们的盛情怂恿,在无法拒绝的情况下,跟俄罗斯的妓女共度了春宵。美帆得知此事后,两个月都拒绝和他见面。现在回想起来,就在那件事后两人的关系开始慢慢疏远了。后因弟弟正也来东京上学,两人不能继续以前那样的半同居生活,第二年,黑川丈二就跟一名电视台的女记者关系暧昧起来。

交往半年后,那位实业家向美帆求婚。美帆当时没有允诺,只是说需要时间考虑。当晚两人各自回家,美帆在中途下了出租车,沿着和缓的坡道慢慢走回在碑谷文的公寓。

是夜,东京的夜空难得地清澈。

片刻,美帆决定接受他的求婚。她决定明天给他一个明确的答复。已经是深夜十一点多钟了,美帆打开门,电话留言却传来了母亲沉重的声音。她说:“今天我去市民医院做了体检,医生说是胃癌。”

第二天,美帆心急如火地赶回片濑市去了。之后,母亲住院、动手术、出院等事务接踵而来,时间在一眨眼之间溜走了。

两个月后,美帆断然拒绝了他的求婚——她没有信心像爱黑川丈二那样爱他。

“你像一架无法着陆的飞机。”

最后,他扔下了这样一句。

美帆辞去编辑部的工作,和他分手是重要的原因。

美帆离开新大谷酒店后直奔羽田机场。

她心情非常痛快,没有一丝的后悔感。那一家人根本没法相处!包括黑川丈二在内。美帆原本就不相信家庭的存在,从小就被父母抛弃的人不可能有家庭的概念。对于美帆而言,家是一种奢望,是天方夜谭,就如同奴隶喜欢奴隶主家的女儿一样遥不可及,追求它的人最终只能迷失自我。跟黑川丈二分手之后,她更加确信这一点。

谁都不可靠。

美帆预料,黑川丈二一定会来找她,所以她不能回家。与其住在东京的酒店,还不如直接回片濑市去,美帆想。

她突然想见仲间优司一面。

一个月前优司从天而降般地突然造访,这次她要让他大吃一惊。

美帆终于赶上全日空飞往福冈的最后一班飞机,八点起飞。

飞机抵达福冈机场时,已是晚上十点了。

在机场乘坐出租车来到片濑车站,推开新町的“光”的大门时，时针刚好指向十一点整。

与上次不同，今夜“光”酒吧里热闹非凡，人声鼎沸。美帆的突然造访并没有让香澄感到吃惊，安排她坐在吧台的角落，吩咐一位年轻的陪酒女郎不要让其他人坐在她旁边后，便去应酬其他客人了。之后，每隔一段时间她就会来打声招呼。美帆点了很多鸡尾酒，边喝边跟陪酒女郎聊天。

十二点多，陪酒小姐们陆续下班，客人们也纷纷离开了。

“很快就打烊了，我们俩再喝啊。”

说完，香澄把一拨又一拨的客人一直送到店外。

凌晨一点多，所有服务生都下班了，店内只剩下她们两人。美帆把椅子挪到香澄身边坐下。美帆还是第一次在打烊后的酒吧喝酒，前一刻的喧哗如梦幻一样消失，此刻，只有一片与四周环境不和谐的宁静。

“辛苦了。”

说着，两人一起端起啤酒杯。

“好久不见。”

香澄笑容可掬。

“真不好意思，没打招呼就突然跑来了。”

“没有，能再次见到这么漂亮的美帆小姐，是我的荣幸。”

香澄今晚没有穿和服。一袭黑色晚礼服，领口开得很大，露出胸前深深的乳沟。

“来福冈工作的吗？”

她再次给美帆的杯子斟满酒，问道。

“遇到了一些烦心事，头脑一时发热就坐飞机来了。”

借着醉意，美帆开始打开了话匣子，发泄心中的郁闷。

“是从东京飞过来的？”

“对。到了片濑车站后，突然想到您这里来看看。”

美帆半开玩笑地说道——她没说是想见优司才来的。

“太感谢了。”

香澄举起酒杯，点点头。

“不过很奇怪，我从小就很讨厌这地方。”

美帆小声说。

“故乡嘛，就是这么回事。有故乡好，还是没有故乡好呢？如果投票的话我觉得应该各占一半吧？”

挺有趣的。

“也许吧。”

美帆点点头。

“我是个养女，并不是他们的亲生女儿。”

“是吗?”

“我原来出生在东京,跟你一样。”

“我不是东京的,是千叶的。”

“详细的我记不大清楚了,只记得自己被送进了东京都福利院。”

“那你跟优司差不多。”

香澄突然提起了优司。

“是啊。但是优司并没有成为养子啊,也不知道是好还是不好。如果他像我这样被一个有钱的人家收养了,他大概不会加入黑帮吧?”

这样说着,美帆越发坚定自己的判断是正确的。

一瓶啤酒见底了,香澄一边嘟囔着“美帆,你还想喝什么”,一边站了起来,走进吧台。

站在吧台里面的香澄看起来似乎……

“你真酷耶。”

美帆说道。香澄露出诧异的表情。

“你这样感觉很像妈妈桑,特别。”

“是吗?”

香澄的语调略微带点夸张。

她端着两杯掺水酒回来，重新坐下，说：

“不过，四年前优司就已经金盆洗手了。”

美帆正伸向酒杯的手悬在了空中。

“啊？”

她发出惊讶的声音。

“怎么回事？”

香澄见状，十分愕然——这次轮到她摸不着头脑了。

“你一直都不知道？”

美帆连连摇头。

“五年前优司被捅了一刀差点死掉，这个你知道吧？”

美帆默默地点头。

“自那之后，优司就脱离了黑社会。当时他眼看就要自立门户了，手下也有众多的弟兄，一旦提出洗手不干，等于砸了一直照顾他的老大的面子，所以后果很严重。虽然他没告诉我实情，但我相信一定是花了不少钱才摆平的。最后，优司承诺十年间决不踏入博多半步，才跟他们彻底断得一干二净。优司说，其实那个承诺有一半是老大照顾他的。”

一言既出，美帆惊得目瞪口呆，怔忡了片刻。

——优司已经完全脱离黑帮了！出人意料。

“可以说,现在的优司,是一位堂堂正正的公民。”

香澄又补充了一句,明显带着骄傲的语气。

美帆想起了那个夜晚,优司形容他帮助的那个流浪汉时说：“他和我一样,以前也是在黑帮里混的。”原来他说的就是字面的意思啊。

“那他现在做什么呢?”

香澄告知：

“在车站后面开了一家烤串店,生意不错,已经在市里开了三家连锁店了。”

“烤串店?”

美帆越发觉得不可思议。

“对啊。店名叫作‘富士本烤串店’。不过,优司不怎么去店里。几家连锁店开张后,他就转为后台操纵了。对了对了,莉莉子的男朋友研一就是二号分店的店长。他原先是优司的小弟,优司回片濑市的时候,他也跟着来了。”

那个研一原来是烤串店的店长？美帆回想起七月份在这儿喝酒时,优司曾斥责莉莉子说,研一把店交给临时工看着,自己却插手一些莫名其妙的事情。当时,美帆对这句话就有些迷惑不解。

“研一是不是剁了左手的小拇指？”

美帆问。

“是啊。”

“今年三月份又剁了一根？旁边的无名指。”

“没有！完全没有。研一也早就跟黑帮了断了。”

香澄怪异的表情仿佛在质问：“你胡思乱想什么呀？”

难道那次只是单纯的手指受伤？自己并没有确认裹在绷带里的无名指究竟在不在。

“原来如此。”

美帆无法继续往下问。这些原委优司为什么不直接告诉我呢？不过，转念一想，或许优司并没隐瞒过，只是自己单方面想象多了一些吧。

美帆很快就释然了。既然优司已经金盆洗手，美帆不由得从另一个角度来重新审视他以前的言谈举止。

他说过，希望在死的时候保持清醒，所以戒了酒也戒了毒；被捅了一刀后，害怕什么时候再遭到暗算而不敢喝酒。他还说，人生无常，生死难测。重要的是活要活得精彩，死要死得有意义。

在庆应医院病房里，他给美帆展示背上文的那条龙时小声说：

“因为背上文了这个东西，所以只能住单人病房。”

“美帆。”

正在怔忪发呆的美帆，听到香澄叫她。

“香澄，你好像很了解仲间优司。你跟他是怎么认识的？”

不想被香澄窥视到内心的局促不安，美帆赶快把球踢到对方的脚下。况且，从香澄提供的这些鲜为人知的信息中，可以看出他们两人关系不一般，说不定是男女恋人的关系呢。

“之前我说过，他是我的救命恩人。”

香澄的戒备心与上次谈话相比似乎小了许多，或许知道美帆和优司的关系并不亲密而放松警惕吧。

“我二十二岁结婚后来到福冈。”

香澄呷了一口兑水威士忌，沉吟了一下，又娓娓地讲下去。

读短期大学时，她认识了后来成为丈夫的那个男人，他比香澄大两岁，博多人。他研究生毕业后，在老家找了一份中学教师的工作。香澄也趁机从工作了两年的东京都的公司辞职，随着他一起回到博多。

“在开学前的三月底,我们在福冈市内匆忙地举行了婚礼。”

第二年女儿出生,取名叫“光”。按年龄算,今年该读小学三年级了。然而生“光”的时候,丈夫却因心脏毛病而病倒了。在此之前没有任何征兆,只是突然发作后送医院检查才知道是严重的心肌炎。

经过一段时间的治疗和修养,终于能勉强继续教学,只是不能做任何剧烈的运动,医生禁止他们有房事。

然而,两人仍是按捺不住做了一次。结果她丈夫的心脏病严重发作,不得不叫救护车再次送往医院。

来到博多三年,香澄二十五岁时,充满青春激情的她忍受不了对异性的渴望而上了交友网站,希望每月能有一两次的纯粹的性爱。

然而,第三次的那个男人是黑帮成员。

做爱时他把兴奋剂溶液抹在她的下身。她害怕那个男人,不敢反抗。

她又被他叫出去了两三次,渐渐地对毒品上瘾了,很快,家务事和孩子都无暇顾及了。半年后终于被她丈夫和婆家发现,那时她已经完全离不开毒品了。

很快她离了婚,并被送进了戒毒所。

黑帮男人帮助她逃离了戒毒所。然而，毒瘾发作时她就仍像在茫茫黑夜中伫立在万丈深渊的边缘，痛不欲生。

一心要吸。

但她已经一贫如洗了。

于是，她被带到了中州，依附于那个黑帮男人，开始从事色情行业。

故事很老套。

香澄以怀旧的心情，继续述说她终生难忘的这次转捩……

不到一年，那个男人欠了一大笔债，逃走了。一天早上，一群不逞之徒闯进他们的公寓，房间里只有香澄一人。他们摊开一张盖有香澄的印章的借据，恐吓说，找不到男的就扣住女的，你必须卖命替他还债。

这样，她当即就被带走了，带到了仲间优司所在的帮派里。

见到香澄的第一眼，优司就对她说："你不能再碰毒品了。"

接着，他花了一个小时听香澄述说自己的身世。

中午，优司叫了寿司外卖，还给她沏了杯茶。那杯茶的醇厚香甜，让香澄至今难忘。吃完寿司之后，优司命她上车，把她带到了一个房间里。

直觉告诉香澄,她不会被杀掉,但有可能要在这里每天接几十个客人。不过比起这些,她更害怕戒毒。

"那是优司自己的住所。进了房间,优司发狠一推,我老远地一个踉跄跌到床上。他紧冲过来,把我的手脚绑上了,当时我心中不禁悲鸣,完了,遇见个变态色情狂,他肯定会暴戾地蹂躏我。"

香澄笑着说道。

接下来四月份一整月的时间,优司都把香澄软禁在自己的公寓里,让她把身体里的兴奋剂排除干净。

"最后我出现幻觉,陷入了半疯狂的状态。不好意思,大小便都几乎失禁。就在我发狂疯癫最最痛苦的时候,优司连续两个晚上都不合眼,一直在旁边照顾我。"

等她重获新生走出户外时,觉察到精神上的巨大创伤已经开始愈合,甚至脏乱的街道也在"闪闪发光"。最后,她通过优司介绍,进入中洲的一家俱乐部开始上班并且很快还清了前面那个男人所欠的债。

"为什么仲间优司能为你做到这些呢?"

这是美帆听了她的讲述后最想知道的。

"我一直不知个中原委。直到我在中州的店里工作满一年,年末优司遭到暗算时,我才终于解开了这个谜团。"

美帆把手中的杯子放回桌上。

"优司住院时,有个女人来探望他,刚好我也在病房。第一眼见到那女人时我就觉得她长得实在太像我了,简直是酷似,就像同胞姐妹一般。我想,对方也会有这种感觉吧? 于是,我恍然大悟了。"

美帆领悟到香澄的意思。

"那人是谁呢?"

"不清楚,我也不问优司,只知道她名叫富士本美由纪。"

"富士本……"

美帆自言自语。

"优司退出黑帮开店时,店名就叫'富士本'。果然如此,我的判断是对的。"

香澄跟着优司来到了片濑市后,在新町的酒吧里工作了两年,其间她拼命工作,积攒了一点钱,前年春天她罄其所有盘下了这家店。

"虽然优司对此缄口不语,但我相信他和富士本美由纪之间有很深的渊源。”

说完之后，香澄轻叹了口气。

香澄洗着杯子，放在吧台上的手机响了起来，此时美帆正在擦桌子。

时间已过凌晨两点半。

香澄急忙关上水龙头擦了擦手，拿起手机。

刚把手机贴在耳边，她的脸色就立刻阴沉下来。

“怎么了？光哭，我怎么知道出什么事了？”

声音有点僵硬。美帆也放下手中的抹布侧耳谛听。

“说呀！究竟出什么事了？你现在在哪儿？”

香澄皱起眉头。长期熬夜的她，厚厚的妆也掩饰不了她的憔悴和疲惫。

“莉莉子，别光哭！快告诉我发生什么事了。你振作点，有没有受伤？”

原来是莉莉子打来的。

“你就待在原地不要动！我马上过来，十五分钟就到。我到之前，千万不要让其他人进入房间。”

电话挂断了。

美帆拿着抹布走向吧台，目光与香澄对视。

“莉莉子发生什么事了?”

“被研一打了。”

香澄撇了一下嘴。

她们俩迅速招来出租车,十分钟就能到莉莉子的住所。车飞速奔驰在空荡的国道上,两人一路沉默。

几个小时之前还在豪华的东京新大谷酒店和丈二及他的父母一起品尝上等佳肴,此刻却在片濑的乡间小路上和一个有过吸毒史的女人一起去找一名年轻陪酒女;那边,黑川丈二口若悬河、滔滔不绝谈日本政治、议会选举等高大上的话题,他的父亲母亲怀着崇敬的心情恭听他的高谈阔论,这边,一个女人遭到了曾经是黑帮成员的男人毒打,一边惨叫一边求救。

上出租车前,香澄曾厌烦地说:研一经常对莉莉子施暴。

“吸毒的人经常突然发飙。这种事以前不知道发生多少次了,优司一直劝她早点和研一分手。”

“莉莉子为什么不分手呢?”

美帆的问题一针见血。香澄若有所思,沉吟片刻说道:

“因为性,因为肉体的饥渴让她离不开研一。他们用毒品助兴,每次都欲仙欲死。一旦尝试了‘毒爱’,一般方式的性爱都会索然无味。莉莉子现在跟吸毒差不多。她戒不掉研一了。”

完全是另一个世界。

美帆把目光投向车窗外——没有一盏路灯的国道沿线一片黝黑——她觉得和黑川丈二父母的新大谷酒店晚餐仿佛已是遥远的事情,觉得自己来到了另一个世界。

开门之后,站在玄关处的美帆和香澄都惊愕得说不出话来。

香澄鞋都来不及脱直接冲进房里,一把搂住莉莉子。莉莉子把浮肿的脸贴在香澄的脖子,无声地啜泣着。

“没事了,现在谁也不会伤害你了。”

她抚摸着莉莉子乱蓬蓬的头发安慰道。美帆从一旁溜进屋子——她想察看一下里屋的情况,以防不测。如果研一躲在里面,估计她们俩也难逃魔爪。

这套一室一厅的公寓比较宽敞。有一张小型餐桌的客厅和13 平方米大的卧室都是一片狼藉。

毋庸置疑,看到莉莉子挨打的惨状,对她的生活品质就能猜到八九分,但美帆还是生平第一次看到如此凌乱的房间。

美帆甚至觉得莉莉子能在如此肆虐的暴力中活下来,也算是一种奇迹。

五分钟之后，香澄搂着莉莉子走进客厅。地上到处都是摔碎的餐具、撞倒的家具以及破裂的橱柜玻璃，根本无法下脚。令人不可思议的是，天花板上的枝形吊灯都支离破碎，形状扭曲，如果不用木棍或球棒敲击，根本不可能变成这样。

香澄亦步亦趋地躲开满地的玻璃碎片，拉着莉莉子到靠墙的沙发坐下；她径直走进衣服和衣橱散乱一片的卧室，翻找着急救药箱；她用棉棒沾满消毒酒精，轻声安慰莉莉子，开始给她的伤口消毒。

手法娴熟、态度认真。

莉莉子的左眼一片瘀血，肿得几乎睁不开；右脸上一道深深的裂伤，溢出的血已经凝固了；上下嘴唇都涨成紫色，鼻子仍然在滴血；估计嘴里一定伤痕累累，没准牙都被打掉几颗。

给脸上伤口用酒精消毒后，香澄轻缓抚摸着穿着薄薄的碎花连衣裙的莉莉子全身——手法略显猥亵，从莉莉子的脖子、肩膀、手臂、腰部以及胸前、大腿、膝盖、脚腕甚至脚趾一一摸过。有些部位会用手指稍微按压，问道：“这里疼吗？”莉莉子犹如孩子一般摇摇头。

美帆开始收拾散落在床上的玻璃碎片，她说：

“没关系，骨头没问题，脸上的伤很严重，还不知道有没有伤到内脏。”

香澄站了起来,从放在旁边的包里拿出手机。

“美帆,我现在叫优司过来,可以吧?”

她向美帆打了声招呼。

美帆点点头。

优司十分钟就到了。香澄已在电话中告诉他美帆在此,所以两人见面时只是简单“嗨”了一声算打了招呼。他认真地检查了一遍躺在沙发上的莉莉子的脸,低声说:“肿得这么严重,估计颧骨裂了。”

“赶紧送医院吧。”

美帆说。优司点点头。

“你们两个人都喝过酒了?”

他问道。

“我已经清醒了。”

香澄回答说。

“我也没问题。”

美帆跟着说。看到莉莉子的脸的瞬间,她那微醺的感觉立刻烟消云散。

优司从衣袋里取出车钥匙,递给香澄。

“你们两人赶快送她去市民医院,最好对医生实话实说是家庭暴力,这样就不会引起胡乱猜测了。”

“知道。”

香澄走到莉莉子旁边,蹲下说道:

“走,莉莉,我们现在就去医院。”

时间已过凌晨三点。

“研一为什么要这么做?到底是什么原因?”

优司向攀着香澄肩膀站起来的莉莉子问道。优司对房间里的一片狼藉和鼻青脸肿的莉莉子的狼狈相似乎习以为常,司空见惯,脸上没有流露一丝怜爱或是同情的神色。

看到莉莉子对他的问题无动于衷,他突然一声厉喝:

“我在问你,为什么研一会这么暴虐,马上回答!”

“上周客人送我手表的事被他知道了……”

莉莉子口齿含糊地嘟哝着,声音好像变成了另一个人。

“又是这种乱七八糟的事。”

优司郁闷地说道。

“这次该结束了,听见没有,莉莉子!”

片刻,一直把头垂在胸前的莉莉子终于抬起头,轻轻地点了点。

确认她点头后，优司走到房间的角落开始拨打电话。

“喂，是我，见到研一立刻通知我，多晚都没关系。”

吩咐完立即挂断了电话。旋即又重新拨号，打给其他人，说同样的话。香澄和美帆把一直打电话的优司留在房间，带着莉莉子出了门。

虽说四年前已经浪子回头，金盆洗手，但今晚的优司的做派，无论怎么看都是一个地道的黑帮老大。

十一月二十九

永妻克子似乎衰老了许多。

以前,她是那种让人一眼难以看出年龄的人,现在,坐对面的她却清晰展现满脸皱纹,一头白发。永妻今年究竟多大岁数了?乍一看好像不到四十岁,仔细看又觉得已经五十多了。她脸色黯黑,素面朝天,长长的下颌,脸形像男人。

不过,眼睛依旧是那么清澈透亮,炯炯有神的目光似乎瞬间能穿透对方的内心。

美帆与她初次见面时就决定把这件活儿交给她,主要也是基于这双眼睛给人以信任感的原因。

"如果你打算跟他白头偕老,我劝你再认真考虑一下。"

永妻克子的声音很低沉。从事这份工作之前她是干什么的?虽是女人,也应该是个刑警吧?她为什么要干这种工作呢?结婚了吗?有孩子吗?面对喜欢的男人,她会不会也变得很有女人味呢?

“可能吧。”

美帆附和了一句。

眼前的桌子上放着一摞厚厚的调查报告。“永妻克子调查事务所”位于 JR 新桥站往虎门方向步行十分钟的位置。穿过日比谷路,就能看到新西桥的低层大厦区,她的事务所就位于这片区域角落的一栋四层老旧杂居楼的三层。

几天来一直是阴雨绵绵,直到今天早上天空才放晴。

已经过了午后三点,初冬的阳光依然灿烂地照在窗户上。永妻克子背窗而坐,逆光下她的脸显得更加苍老,甚至有点阴森。

美帆从片濑市回来已经三周了,身体一直不适,为此跑了两次医院,尤其是下雨天。今天难得的大晴天,心肺呼吸一下爽多了。

自新大谷酒店一别后,美帆再也没联系黑川丈二。当天和第二天,丈二曾给美帆的手机打过几个电话,但美帆都关机或不接电话对付过去了。第三天晚上回到东京后,她看到公寓门口的报纸箱里夹着一封信。

你既不接电话又不回家,我只好给你写信了。

前天你究竟怎么了？突然间发那么大的火，我和我父母都吓得战战兢兢。是我又做了什么伤害你的事？或是我在不经意的地方让你对我产生了极大的不满。

那天的事，我没放在心上。

爸妈他们早晚也会忘掉的。

我相信你现在已经冷静了。不过，如果立刻见面我们肯定会感到尴尬。

所以，我们再暂时冷却几天吧。

我会抽时间来看你，希望你能给我开门。

致　美帆

黑川丈二

读完这封信，美帆嗅到了一丝背叛的气息。在黑川丈二那里从来没有“暂时冷却几天”这回事，他是有问题当场解决而决不拖过夜的男人。

收到信的两星期之后，美帆正式委托“永妻克子调查事务所”对黑川丈二的日常生活进行跟踪调查。那天是一周前的二十二日，星期六。

不出所料，黑川丈二果然开始跟其他女人交往了。他们四人在新大谷酒店晚宴的那天是七日，星期日，下个星期五也就是十二日，黑川丈二回到奈良，第二天他就在市内的某饭店跟一个女人相亲见面了。这种闪电一般的速度，以及他父母的安排之迅速，令美帆不得不由衷惊叹。

女方是桐山组社长桐山贞行的孙女，名字叫春奈，今年才二十岁，就读于当地的某女子大学。

永妻的报告显示，女孩子春奈在相亲后的下周和下下周都来过东京跟丈二约会。报告附了一张照片，拍摄于上周四。可以确定当晚她就在黑川丈二的高轮公寓里过夜。

从照片看，春奈是一个单纯的女孩儿，没什么过人之处。

美帆联想起黑川丈二与日本电视台女记者关系暧昧的事。

被美帆察觉后，丈二开始是装傻充愣，百般抵赖，死不认账，后来是不顾廉耻，苦苦哀求，一个劲儿地道歉。其实，美帆并没有要求他道歉。他只要立即和那女人拜拜，辞去记者工作，重新回来做律师，美帆就原谅他了。可是，对此丈二只说了句毫不负责任的话："给我点时间，我会处理好这件事的。"

美帆去找了那个女人，一见面，说实话有点失望。

什么嘛，这种水准的也行？

看到美帆突然出现,对方有点惊慌失措。

“你不觉得你这么做有点奇怪吗?你又不是他老婆。我并不知道他有你这个女朋友。所以我不会道歉的。不过我可以向你保证,我不会再跟他见面。”

虽然语气很强硬,但面对美帆,她还是有点语无伦次。

当天晚上,丈二跑到美帆家里大发雷霆。

“你想毁了我的工作吗?我跟那个女人在同一个记者俱乐部,今天傍晚她就跑到我们头儿那里使劲抱怨。我该怎么办?我会被调出去的。我不是跟你说过吗,我跟她只是玩玩而已。我说的是真的。那种女人,我一点感觉都没有。她有点骄傲,所以才跟她上了床,仅此而已。你看你都做了些什么!”

黑川丈二当时喝得酩酊大醉。

经历他的这场丑陋的表演之后,美帆对他的感情顿时冷却了下来。

他信上说什么“那天的事,我没放在心上”“我会抽时间来看你”,一副君子坦荡荡的形象,语气温柔得不得了,但美帆心里明白,那天晚上在他父母尤其是他母亲面前失敬的言谈举止,对于自尊心极强、锱铢必较的丈二来说不可能不放在心上,恐怕下辈子都还记得。他之所以采取怀柔政策，是不想因跟美帆分手而节外生枝，说白了，就是作为一个国会议员的候选人，他不想留下被交往多年的女友抖出丑闻的隐患。况且，他尚无法判断跟桐山组的孙女定亲的事被美帆知道了会有怎样的结果，这令他隐隐不安。安全抽身、友好分手是上上策，丈二不愿伤筋动骨、两败俱伤。

听完永妻克子的报告，美帆觉得一切果然在预料之中。

既然丈二已经跟桐山春奈交往，美帆就不可能再有与他和好的机会了。但绝不能这么轻易地分手，他应该受到应有的惩罚，有些账必须当面结清！

“还有一件事，虽然跟您的这次委托没什么直接关系。”

永妻拿出一张纸，放在美帆的面前。

美帆拿起那张 A4 纸复印件，粗略地扫了一眼。

“这是今年五月下旬同时寄往奈良县政府所有课长级以上的官员家中的一封匿名信。在县政府的命令下，所有信件都立刻上缴回收了。当然，也有漏网之鱼，还是有复印件被泄露出来。”永妻解释说。

这封匿名信黑川丈二从来没提起过，他不可能不知道。

“谁寄的？”

美帆问道。

“最可疑的当然是水上阵营的人了。也有人说，并不是针对黑川丈二的，应该是对黑川建设和黑川庸一怀恨在心的人干的。”

“原来这样啊。”

美帆叹了一口气，目光再度落在那份文件上。“情妇之子”“朝鲜人”“总联的间谍”等字眼都用黑体字涂黑强调出来。

“真过分。”

美帆自言自语道。黑川丈二看到这份匿名信的当时会作何感想呢？

“毕竟是匿名信嘛。”

永妻一如既往地淡然。

“不过……”

她接着说道：

“信里披露的内容并非空穴来风，毫无根据。已经逝世的丈二的姥爷，即其母亲翠的父亲，曾是活跃于昭和三十年代朝鲜总联的干部。翠是她父亲与同为朝鲜人的情妇所生的孩子，而她同父异母的哥哥现在仍在总联担任要职。泡沫经济崩溃后，警方曾调查过黑川建设与总联之间的关系，尽管没有直接证据证明他们有不正当交易，但也有事实表明，黑川建设资金运作困难时，总联操控的金融机关曾向黑川建设融资。有传言说，即使现在，黑川庸一仍列在重点监视对象的黑名单上。”

永妻克子说明的部分内容，在匿名信中也有披露。在争取参选提名的关键时刻，却被人揭了老底儿，如此致命的一击，黑川丈二肯定受了重创。

原委清楚之后，就不难理解黑川家族试图稳固老家根基来冲刺下届选举的心情了。与迎娶没有任何派系势力和家世背景的孤儿做媳妇相比，显然与目前虽说是盟友，但此后也可能成为敌手的桐山贞行结为亲家更利于今后的选举。美帆这么认为。

“辛苦您了。费用明天汇入您的账户。”

美帆把这摞调查报告装进包里，站起身来。

“能为您效劳是我的荣幸。”

永妻也随之站了起来，寒暄道。

两人之间隔着一张宽敞的桌子，桌上除了那张 A4 纸复印的匿名信外没放任何东西。

这是美帆第四次造访这家事务所了，但永妻克子从来没有给她上过一杯茶。

十二月十二日

下午六点。

玄关的门铃骤然响起的瞬间,美帆断定是黑川丈二来了。

两三天之前,美帆就预感到他快露面了。

新大谷酒店的晚餐事件迄今已过了三十五天,对黑川丈二来说也属于“暂时”吧。比起他们从相识到分手的六年、分开的七年以及破镜重圆后的两年,这样的三十五天确实只是“暂时”而已。

他今天来想干什么?大概已经想出了妙招,能够继续瞒天过海地跟桐山春奈交往又能顺利地解除和美帆的关系吗?聪明绝顶的他,肯定是把一切弄得妥妥的,手上有了王牌后才登门的。

当然,他肯定也预料到——事情不会那么顺利。

同时,他也一定自信满满,只要多敲几遍锣,哪有不上树的猴子?只要坚持按自己的意志向前推进,定能达到胜利的彼岸。

黑川丈二就是这种男人，而天下的男人也都是同一种生物，尽管头脑缜密，但到关键时候总会自我膨胀、忘乎所以，以致产生一些不切实际的天真的想法。

今天我要彻底粉碎你的幻想！美帆下了决心。

曾经背叛过你的人，肯定会再度出卖你——这是一位哲人的话。

两人酿的苦酒，只能由两人来吞下。想要彻底斩断这长达十五年的孽缘，两人都必须付出惨痛的代价。这个世界上充满了不能用理论和计算来解决的问题，她要把这件事深深地烙在他的大脑里，成为他永远也抹不掉的记忆。

即使最终必须由美帆来收拾残局，也绝不能由自己一人承担所有的伤痛，事情发展到今天，一大半责任在于黑川丈二。

如果没有他的这次背叛，两人之间不是没有其他可能的。

将十五年的一切付之一炬的，就是黑川丈二本人。

美帆故意磨蹭了一会儿，才走向玄关，打开门。

“嗨！”

站在门外的丈二脸上现出爽朗的笑容。他手里提了一个纸袋,内装葡萄酒。他每次都是红酒白酒一起买,这些细节充分反映了他的性格——贪得无厌。并且,每当浮现这种爽朗笑容时,心中势必在算计着什么。

美帆打开葡萄酒。

房间内很温暖,在帮助丈二脱上衣时却遭到了他的委婉拒绝——看来不打算久留。

他们跟以前一样,隔着客厅餐桌相向而坐。

美帆把香贝坦红酒倒入丈二的酒杯,自从告诉他这是拿破仑最爱的葡萄酒之后,他就成了香贝坦的忠实粉丝。他们究竟在一起喝了多少次这种酒呢?真想不起来了。

"你今天气色不错。"

说完,美帆率先将酒杯送到嘴边——事到如今,两人已经没有碰杯的心境了。

"还行吧。"

丈二也呷了一口。

"有件事我想提前和你说一下,可以吗?"

丈二的脸上闪现出一丝期待——跟预料中的一样。

不过,接下来的话无疑像一记重锤砸碎了他所有的期待。

"我,绝不会跟你分手!最晚到明年六月,我们一定结婚!

这是我们早已经商定好的。还有一件事,我不会把你的父母当成自己的父母,所以结婚之后我会断绝跟他们的一切来往。不过,我不会阻止你们之间来往,因为这是你的自由。”

丈二毫不掩饰听到这番出乎意料的话后露出的困惑表情,他在琢磨事态突变的原因。

“请稍等一下,我们需要好好谈谈。为此,我们不是都冷静了近一个月的时间吗?”

他理了理灰色夹克的领子说道。美帆第一次见他穿这件上衣,灰色不是他喜欢的颜色。

“这是我经过深思熟虑之后做出的决定。第一次与你母亲见面时我就讨厌她。因为我的直觉告诉我自己跟她相处不来,所以结婚之后也不想跟她有任何牵扯。当然,这也是为她好。”

黑川丈二抬起放在桌上的双手,摊开手掌制止美帆。

“我不是说了请稍等一下吗?你今天好怪异,或者说从上次开始你就很奇怪了。你跟我妈妈之间究竟发生了什么?她九月份来东京时,你不是还陪她去银座购物了吗?是那个时候发生了什么误会?”

丈二态度冷静、声音沉稳,好像十分体恤美帆的心情。这种假惺惺的态度只会让美帆更加气恼。

“什么都没有发生！不是因为这些导致我跟她无法和平相处，有些人不也是这样吗？”

美帆话里有话。

“天哪，如果我们俩结婚，你不能和我妈和睦相处，这日子怎么过？居然还说不跟我父母来往，这不是胡来吗？明年我就要在老家参加选举了，如果家庭不和睦，后院起火，即使胜券在握也会被搅黄的。这点你应该懂吧？你要是坚持这种态度，我肯定不能和你结婚。”

——终于说出了真心话。

“那你就不能成为政治家喽。我想问你，跟我结婚与参加选举，哪个重要？”

“喂，喂，别胡闹行不行？”

丈二苦笑道。

“我是在问你，到底哪个重要？”

“这叫我怎么回答呢？这是两件完全不同性质的事，你却拿来混为一谈，实在不是你的作风。”

美帆端起酒杯一饮而尽，随即抓起酒瓶再次斟满。

“那我问你，你为什么要做政治家？成为政治家之后，你又能得到什么?”

丈二又笑了起来。

“现在不是讨论这件事的时候,况且,一句话也说不清楚。”

“你少给我装模作样! 我清楚得很,你想的是出人头地。你梦想着哪天成了大臣,扬眉吐气,耀武扬威,在众人面前炫耀,满足你的自尊心。你父母盼子成龙,希望你当选议员也是基于同样原因。”

“你说什么啊?”

丈二夸张耸耸肩,摊开双手。

“你是不是喝醉了?”

他眼神阴郁地盯着美帆。

“别想再糊弄我。你现在如实告诉我,你步入政界之后到底想干什么? 总得说出个一二三吧?”

“一个怎么够,我想做的事太多了。不过,最想做的就是让日本成为真正独立的国家。”

丈二露出一副不耐烦的神情,旋即他又严肃了起来。

这次轮到美帆苦笑了。

“真正独立的国家? 真是痴心妄想! 你就算成了政治家也无能为力,何况你的内心只是想当官,做大官,然后在别人面前耀武扬威而已。在这方面,有自知之明的人比你这种伪君子更加容易成功,至少他们坦诚,至少还有一点良心。在日本,政治家就等同于社会败类,他们所做的那些肮脏的勾当,跟黑社会有什么区别?依靠金钱和暴力,操纵舆论、强奸民意,以达到自己卑劣的目的。为此,不择手段,寡廉鲜耻,甚至到了能够心安理得出卖亲人和挚友的地步。对于自己的老婆,则根本不当作人看待,在这些所谓的政治家眼里,女人只是泄欲的工具,养孩子的机器。你心里也正是这么想的。”

“够了!你在戏弄我?也该适可而止吧!”

丈二的声音明显强压着怒火。

戏弄你?我没那工夫!美帆心想,我只是说出了一个人人皆知的事实。一个为了当选议员不惜把自己的婚姻当成工具的猥琐之徒,有什么资格谈论“独立的国家”?

“笑话!你想让日本成为真正独立的国家?你连个纯正血统的日本人都不是,在这里夸什么海口,说什么大话!真是笑死人了。”

一言既出,丈二顿时脸色大变、满脸愕然。

“你不也是个私生子吗?跟我这孤儿有什么不同?你这种人还想做国会议员?你才要给我适可而止!我劝你早点放弃黄

粱美梦,面对现实。你啊,不过是一个乡巴佬的包工头和朝鲜情妇生的假日本人而已。老大不小了,到底什么时候才不做春梦呢?”

“我是日本人！我是个真真正正的日本人！我比谁都爱这个国家!”

美帆从没见过黑川丈二此时的表情——气急败坏,满脸通红,但眼角和额头却苍白失色。这种既像慷慨激愤,又像自我沉醉的表情既滑稽又可悲。说什么真真正正的日本人,说什么热爱国家,难道这个男人就没有其他信仰了吗?

“少跟我演戏了。你就是日本人跟朝鲜人生下的杂种！而且还是私生子！从小吃尽了苦头,只是会耍点小聪明会读书而已。所以,你一心想让自己吃的苦得到回报,你梦寐以求高人一等,然后报复那些让你吃苦的日本人和日本社会。可悲的是你还要一直伪装自己,把自己真实想法掩藏得不露纤毫,说到底,你是个胆小鬼！可怜虫!”

丈二的眼中凶焰毕露。

美帆再次端起酒杯一口喝光。她全身皮肤起了一层鸡皮疙瘩,她有一种前所未有的兴奋感在体内涌动。

要的就是这种感觉！玩的就是心跳！

美帆脑海中再次浮现莉莉子浮肿的脸和她那一片狼藉的房间。男人和女人分手时必须采取这种极端的激烈的方式，要想融化多年来把两人粘在一起的黏合剂——要么两人一起跳入熊熊烈火，要么用滚烫的热水从头浇下。

只有这样做，才能将以前的黑川丈二从自己的内心以及身体里完全剔除出去！美帆坚信。

"一个自杀的女人生的孩子，有什么资格这样教训我？你才是胆小鬼的孩子！"

黑川丈二开始反攻了。美帆觉得他在从怒不可遏的状态中冷却下来。

"什么意思，'自杀的女人生的孩子'？"

美帆诘问。

"你不是不知道生身父母是谁，我的家族并不会因此而嫌弃你，原本打算一并接受的。"

丈二再次摆出"我有王牌在手"的从容冷静的表情。

"你背地调查了我的父母？"

黑川丈二明显在撒谎。黑川家应该是在近两天才去调查美帆的身世的。在新大谷酒店晚宴时，从丈二的母亲翠身上察觉不到任何蛛丝马迹，她那张嘴，如果早知道这些是绝对按捺不住的。

“今天，如果你没说这么过分的话，我会一直保持沉默。但今晚我算看清楚了——我们不可能在一起！说实话，没想到你如此卑鄙，江山易改本性难移，我算是长见识了。”

美帆静默地看着丈二大口喝酒，一声不吭。

“我是在你那天晚上恶语相加，离开酒店之后，才得知你母亲的事的。此前我并不知道。”

这也是谎话！只是为了寻找一个和美帆破裂的理由，他们才慌忙找私家侦探去调查美帆的过去。

美帆预感，接下来，黑川丈二就要亮出他手中的那张王牌了。而且他确信今晚凭这张王牌定能达到目的——干净利落、彻底甩掉美帆。

“你母亲名叫古川美和，在你两岁时自杀了。把你送到东京孤儿院的是她的弟弟古川隆志，也就是你的舅舅。这样，不管怎么说你都是个私生子。你母亲生下你这个连生父是谁都不知道的女儿并在你牙牙学语的幼儿时期将你扔下而自杀，无论有天大的理由，都是极不负责任的行为。你唯一的舅舅古川隆志也于十五年前死在服刑的八王子监狱，他是个专靠吃女人软饭活着的既可怜又可耻的家伙，是个臭名远扬的婚姻情感诈骗犯，前科累累。总而言之，你继承了你母亲和你舅舅的这种肮脏的血脉。不过，顺便告诉你，你母亲和舅舅都和你一样，是数一数二的俊男靓女，最适合做别人的情妇或者是搞婚姻情感诈骗。”

美帆静静地听完黑川丈二的全部叙述，努力把信息全收进脑子里。

“即便如此，我也不会跟你分手！”

说着，美帆紧挨着黑川丈二坐下了。

“凭什么！我为什么要跟一个对我大呼小叫、说我是私生子的女人结婚？”

“你敢抛弃我，我就让你付出巨大的代价！”

“你怎么让我付出代价？”

“我把你的事全部说出去！无论是周刊还是其他小报媒体，不管是真还是假，是有还是无，我全都捅出去。相信只要我这么做，任何媒体都会高兴得透不过气来。我这张脸只要出现在镜头里就大功告成——你为了参选就嫌弃我是孤儿而抛弃我，你好色、你的身世，我会统统全部说出去。只要能够把你拉下来，什么事我都会说，甚至捏造事实。如果你不想接受这种奇耻大辱，就老老实实跟我结婚吧。你别无选择！”

丈二惊愕地瞪着美帆。他万万没想到事情会发展成这样——按照美帆平日的性格，这一杀手锏应该轻而易举就能切断跟她的一切关系。

“你究竟怎么了？好像变了一个人。”

丈二皱着眉，开始考虑新的作战方案。

“不是我变了，而是看清了事实。”

美帆说道。

“什么事实？”

丈二慢慢握紧了拳头，全身开始散发暴戾的气息。

更加凶暴一点吧，美帆暗想。这样就能彻底粉碎多年的彼此的一切幻觉，从此一刀两断！

暴力正是美帆所期待的。她希望丈二通过他自己的手来亲自抹掉盘踞在美帆身体里的那个丈二。

“我认清了自己无法原谅你的事实；认清了我无论如何也不能原谅你当时的所作所为的事实；认清了只要没向你复仇，我的心就无法安宁的事实；认清了只要能达到复仇的目的，我任何事都做得出来的事实。所以，我决定用你最痛苦的方式来折磨你！”

“所以，你才不断地威胁我，逼我跟你结婚？”

“对,让彼此憎恨的两个人结合在一起。”

“你疯了!”

“对,我是疯了,是你把我逼疯的! 你以前不也说过嘛,我一直恨你。”

“但我以为你同时也在爱着我。就像我一样。”

“以前我一直有一个错觉。一个很大的错觉。”

美帆把垂下的双手放在桌子上,握在一起。

“跟你和好的这两年,我一直都在想,以前的我是那么爱你,但现在却爱不动了。为什么? 直到最近我还这么认为。但现在我明白了,事实并非如此。”

然后,美帆调整了一下呼吸。

“我爱你一直以来都是我的错觉。其实我从来就没有爱过你。我一直被你伤害,渐渐地,也就看清了很多事。只要跟你在一起,我的心就会慢慢死去。我心灵的肌肤一直被你的任性和欲望一点点地割伤。啊,从跟你相识的二十岁生日至今,十五年了,我的骄傲,我的自尊,全被你一点一点地夺走了。现在我终于认清这些了。”

“你真可恶。”

丈二说道。

“难道只有你才是受害者吗?”

“对,就是这样,所以这次轮到你受到严厉的惩罚了。”

“开什么玩笑?真是个神经病,赶紧去医院吧!”

“随你怎么说,我已经决定了,要把你最重要的一样东西夺走。”

“什么东西是我最重要的?”

“你心里清楚,一个就是你想要成为政治家的梦想,另一个就是你母亲的幸福。就今天,就现在,你必须放弃其中一样。抛弃我,你就要放弃梦想;跟我结婚,你就要放弃你母亲的幸福。选择权在你手里。”

“我真是受够了!”

丈二站起身来——可以理解,他今天一无所获,应该很失望。

但帷幕已经拉开,美帆已经站上了舞台,就决不允许他脱逃。

“你想逃?”

美帆也站了起来。

“跟个疯子说再多也没用。”

丈二泄愤般地骂道。

“我不想再看见你。”

又是老一套,美帆想道。

丈二准备走向玄关,美帆立刻挡在他的面前。

“你不给我一个明确的说法,我是不会让你走的。”

美帆张开双臂,一副万夫莫开的架势。

“给我让开!”

丈二抑制着怒火吼道。

“你母亲并不是你想象的那样简单。她是最坏的人,连你父亲都被她骗了。你赶快醒悟吧!”

“够了! 我没工夫听你在这儿胡说八道!”

这时,美帆突然大叫起来。她一边回想着在“光”喝酒那晚优司的怒吼,一边竭力嘶叫道:

“朝鲜人的私生子有什么了不起?! 那个女人都不是日本人,凭什么对我指手画脚、挑三拣四?”

一阵剧烈的疼痛从脸上掠过。

强烈的耳鸣传到了耳朵深处。

“不许再说我母亲的坏话!”

丈二大吼。男人的声音果然比女人洪亮得多。

美帆摸着被掌掴的左脸，怒目凝视着黑川丈二那张因发怒而扭曲的脸。

“你以为打了女人就能这么算了吗？”

美帆努力从腹中挤出声音。

“少耍无赖！”

猛然，美帆一头向丈二撞去，她听到自己的头颅撞在丈二胸骨上的剧烈声响。对方往后一个踉跄。

紧接着，一股大力袭来。

美帆顿时往后弹去，甚至没来得及后退，整个身体就飞了出去，然后一屁股蹾了下来——一阵剧烈的冲击和麻痹般的疼痛从腰部贯穿背部。

俄顷，美帆挣扎着站了起来。不能胆怯，没有退路！她重新拉开架势。黑川丈二！今天我跟你拼了！

“我要杀了你，我要杀了你！”

美帆抄起放在靠墙书架上的陶瓷座钟——那是一个扁平的明顿时钟。她右手挥舞着时钟，朝挺直站立的丈二冲去，双眼一闭，用力挥动右臂砸向他的头部。“咣”的一声钝响，美帆感到手上一阵酥麻。

“你想干吗，浑蛋！”

丈二发出像野兽受伤般的号叫。美帆把时钟扔下，再次扑向正捂着肩膀的丈二，她在他的脸上和脖子上乱抓，用尽全身的力气捶打他的腹部和胸部。

这是她生平第一次这样用力地打一个人。

只有几秒钟的工夫，比原先大好几倍的力量再次将美帆扔了出去。

她的整个身体重重地撞在靠墙排列的书架上。书架晃动起来，书和杂志纷纷摔下，砸在蜷缩着的美帆身上。

美帆挣扎着，似乎奄奄一息。笑话，根本不过瘾。要么像仲间优司那样凶猛地打人，要么像莉莉子那样更加凶猛地挨打。

这次她站不起来了。不知伤到了哪个关节，整个脚软绵绵地一点儿劲都使不上。

丈二走过来。

美帆瘫软在地上，像只狗一样趴着，抬起头看着不断走近的丈二。

“别过来！”

她声嘶力竭地喊道。

丈二轻蔑地瞥了她一眼，转身走了。美帆痛苦地低下头，随着一声粗暴的关门声,她再次瘫软在地上。

她蜷缩着身体抽搐着,身体各个关节都刺痛不已。许久,她才慢慢缓过劲来,调整呼吸,轻轻活动身体各处。脖子、胳膊、双腿和手指还好没受到重伤。只见她缓缓地扶墙站起,走向窗边的沙发,轻轻地跌了进去。她仰躺在沙发上,双手放在下腹部。

一丝惨淡的夕光透过蕾丝窗帘照射进来。今天是星期日。她看了一眼墙上的挂钟,时针刚过七点。表参道上现在一定熙熙攘攘吧?街两边商店的橱窗里早就挂上了圣诞装饰吧?

她能够理解黑川丈二为什么选今天这个日子——再过两个星期就是圣诞节了,为了能够无忧无虑地跟桐山春奈一起欢度平安夜,今天是谈分手的最后期限。黑川丈二早已忘记,今年的圣诞节是美帆的第三十五个生日,也是他们俩相恋十五周年的纪念日。他今晚的所作所为已经明确告示美帆——他不在乎这些!

十五分钟后,下腹部依然没有传来她所期待的不适。

美帆闭上眼睛。

王八蛋、王八蛋、王八蛋……

一闭上眼睛,泪水就簌簌流下来。美帆双手用力捶打着自己的腹部。

一边号啕大哭一边不停地捶打。

美帆一直在诅咒自己来到了这个世界。

如今,她更加痛恨自己生为女人。

一九八六年九月二十日

“汤匙”是一只通体雪白的猫。

它是父亲的朋友送的。那时，弟弟正也刚好一岁，美帆再过一年才上小学，它呢，只是刚出生两个月的小猫崽。它还不会吃猫粮，美帆每次都把食物放在汤匙上送到它嘴边，它才终于吃下去，于是美帆就给它取了个“汤匙”的名字。“汤匙”是一只杂种母猫，性情温顺乖巧，眼睛大大的，眼珠微微泛着蓝，被它盯着时会产生一种奇妙的感觉。每当美帆心情不好时“汤匙”就会一动不动地依偎在她身边。

美帆和正也都非常喜欢“汤匙”。

小学五年级的春天，美帆做完植皮手术后顺利出院，要在家休养一星期。就在这段休养期间，发生了母亲早苗把“汤匙”从阳台上扔了下来的事情。当时美帆刚好在院子里晒太阳，听到头上传来“汤匙”凄厉的惨叫——它平时不是这种叫声，她一抬头，刚好看到母亲站在阳台上，双手抱着“汤匙”，身体已经探到了扶手外面。

早苗像足球队员投界外球一般“唰”地一下把“汤匙”扔了下来。“汤匙”从美帆仰着脖子的头顶上飞过，落在庭院中央的水池边，半个身体重重地摔在了水池周边的石头上，左后腿受了重伤。

之后，美帆经常梦到当时的情景。与现实不同，梦中的“汤匙”越过坐在草地上的美帆，全身挣动着，尖叫着，头朝下重重地摔在了美帆面前。

每当梦到这些，美帆就惊恐万分，从床上跳了起来。

不过，“汤匙”顽强地活了下来，直到弟弟正也长大成人去东京上大学的前夕它才死去。

“汤匙”再也不相信母亲。那之后，它顽强地撑过了十一年的漫长光景。

还记得高二那年暑假。

美帆参加了学校的管乐团。她每天都要去学校和乐队成员一起练习。九月份的校庆表演马上就要来临，美帆吹的是单簧管，其实她想吹萨克斯管或短号，但在进入乐团抽签时她偏偏没有抽到。

八月末的一天。

大家正在教室练习，外面突然传来一阵骚动。大家叫一名队员出门看什么情况。他回来说："有人正在教学楼的楼顶跨过围栏，要跳楼。"听到这些，所有人神色愕然，放下乐器就往操场跑。

不少人聚集在主席台周围。除了来学校的数十名学生之外，还有多名教师。大家都在抬头仰望，这时警察还没有到。

美帆远远站在围观人群的外围，她看到了那人的身影。

"哎，是三年级的山口。"

人群中不知是谁说了一句。美帆即使听到这个名字也想不起来是谁。

只有美帆一个人站在既宽敞又结实的主席台前，其他人都站主席台的另一侧，靠近教室的地方——从那边更能看清那个女生的样子。

从美帆到达现场，到山口从楼上跳下，只有短短的三十秒钟。

她悠然飞向空中。

没有被风鼓起来，但分量不轻的身体却飞得比想象中更远。

在蔚蓝的天空中,山口的身体画了一个巨大的弧形,越过众人的头顶,落在了美帆的眼前。

伴随着脚下的振动,一声巨大的物体摔落在地的声音响起。

在她坠落地面的最后几秒,美帆本能地往后退了几步,即便如此,仍是被风挟着的巨大声响唬得一屁股跌坐在地上。

她看见山口的身体撞在主席台的遮阳板上,轻轻地弹了一下。

美帆目睹了这一幕,吓得哑口无言、面如槁灰。周围几十个人也都一起发出了惊呼和惨叫。

山口姑娘被送进了医院,听说救护车赶到时她还有呼吸。

第二天还是断气了。

而美帆因惊吓导致神志不清、谵语胡言,被同学送去了医务室,之后的过程她并没有看到。

——仲间优司从堤坝落入河中的场景。

——"汤匙"越过美帆摔下的场景。

——跳楼的女生撞在眼前的主席台上的场景。

躺在医务室病床上的美帆,脑中不断浮现这三个场景,它们完美地重叠在一起而又展现出一幅新的画面。美帆犹如手握三把钥匙，终于打开了连上三把锁的大门，尘封已久的记忆从门的那端涌了出来。

她想到了死。

美帆在管乐团两名同学陪伴下走出了医务室。回到家时，又一次坚定了去死的信念。她觉得现在头脑清醒而且冷静，只是，还有必要梳理一下今天下午找回的所有记忆之细节。如果是因误解或错觉而自杀，那似乎有些不值了。

她打算用几天时间尽量唤回所有细节，然后安排一下后事，就去死。死的方法已经想好，找个高处跳下来。

想见死去的妈妈……

实施自杀行动的前一天。

放学后，美帆来到片濑车站前的福冈银行，把所有存款都取了出来，然后坐上了开往福冈的西铁电车。她想去天神的百货商店购物，还想去她向往已久的大名一家很有名的美发店做个发型。在英国王子夫妇五月来日访问之后，整个日本刮起了戴安娜王妃发型的热潮。美帆也想尝试一下戴安娜王妃的发型。

她买完内衣和洋装，做完发型之后就回到了西铁福冈站。时间已经过了六点，星期六傍晚的天神附近人群如织，摩肩接踵,热闹非凡。

明天的计划她已经安排好了。穿上今天买的内衣和洋装,上午就出门。只要跟母亲早苗说自己要跟社团的同学一起去新町的乐器店就行了。

中午时分,她务必要到达石川町的县营住宅区。她在那里勘察了多次,已经找好了地方。

然后走进位于住宅区中间的十二层大厦的十单元。通往楼顶的门虽然锁上了,但还可以从外面悬挂的楼梯爬到顶层,这个外置楼梯的栏杆大约到美帆的胸口。在楼梯口脱掉鞋子,用买衣服时一起买好的粉色绦带绑住双脚,然后依靠臂力将上半身探出栏杆外,接着一咬牙一闭眼,头朝下翻下去,这样,就能一路顺风,保证在撞到柏油路时当场死亡。

返程的电车出奇地空荡。美帆坐在横排长座上,腿上放着百货商店的纸袋,眺望着窗外夕阳西下的暮色。她觉得自己的心已经远离了这个世界。自己所看到的一切都显得不真实。心里非常轻松和舒畅。

死,真的很简单,美帆想道。

明天,自己会毫无留恋地跳下去。

她确信这一点。

电车在第三站停下时，一个少年上来了，坐在美帆的对面。

她一眼就认出是仲间优司。

优司也看到了美帆。他立刻站起来，从架上取下柔道服，来到美帆跟前，一只手拉着吊环。

“你这是什么发型？”

虽然两年没见，他的语气却不是彬彬有礼。

“戴安娜王妃头。”

“戴安娜王妃头？”

优司满脸诧异。见美帆没有回应，他又说：

“一点都不适合你。”

“坐下吧。”

美帆说。她的右边座位正好空着。

“好啊。”

接下来，两人都缄默不语。美帆不时地打量一下优司。这小伙子上初中时觉得很高大，现在怎么没那种感觉了？难道上高中之后他没长个儿？体形倒有变化，肩膀、胸口和腰部都很结实，像个成年人。发型没怎么变。大大的眼睛、高高的鼻梁，那张脸跟印象中的一模一样。这次邂逅，通过近距离观察发现优司还真是个帅哥呢。

这是她第一次有这样的感觉。

到了第五站。

“小柳,该下车了。”

优司突然叫她。

“啊?”

美帆愣在那里。

“赶快!”

优司伸过胳膊拉住她的手。美帆被从座位上拉了起来,她赶紧拿起腿上要滑落下去的纸袋。

就这样下了车。这一站是“川尻”,距离“片濑”还远着呢。

优司放开她的手,默默地走向车站的扶梯,似乎知道美帆肯定会跟在他后面一样。

“去吃碗拉面吧?”

出车站后,优司问道。他手里握着绑柔道服的腰带和书包的提手,一起背在肩上。腰带是黑带。

走出南口十分钟后,他们走进一家拉面餐馆。优司像是这里的常客,跟老板很熟。美帆点了优司推荐的叉烧面。

优司似乎很怕放在吧台下面架子上的柔道服会掉出来,好几次都用双手把它塞回去。从半袖 T 恤中露出的双臂比以前粗壮了,一道道的肌肉。

“仲间,你柔道很厉害吧?”

五分钟后叉烧面就端上来了,美帆一边吃一边找话说。

“也许靠柔道这个爱好我能上大学。”

说完,优司脸上露出腼腆的神色。

“那就相当厉害了。”

“这个,柔道不分厉害不厉害。”

“分什么呢?”

“分强和弱。”

“那你就是很强吧?”

“我算强。反正比赛时我从没输过。”

这次他没有不好意思,很直率地说道。

优司很快就吃完了这碗面,又要了一份面。

“这位美女要不要加碗面?下一碗免费哦。”

老板又端来一大碗新的拉面搁在优司面前,问道。

“好吧!谢谢您,这碗煮硬一点。”

美帆笑着说道。

“知道了。”

说完之后老板就从他们面前走开了。

“仲间你真幸福,你有能让自己自信的东西。”

美帆说道。

“你不是也有吗?”

“我什么都没有。”

“你不是很聪明吗?”

“那是因为我去补习班和拼命学习,只是这样而已。”

“总之就是学习好。”

优司大口吃着面,发出很大的声音。

美帆把新端来的拉面分了一半给优司。

“仲间,你知道吗? 我是被收养的。”

美帆放下筷子,说道。优司端起大碗“咕咚咕咚”把汤喝得一干二净,然后又往杯子里倒了好几杯冰水。

“我知道。”

他的回答令人意外。

“你怎么知道?”

美帆问道。

“很早之前,你爸小柳老师告诉我的。”

“什么时候?”

“忘了。”

他有点不耐烦地说。

出了面馆后他们朝车站走去。时间快七点钟了。美帆不明白优司为什么拉着自己在中途下了车,还请自己吃面条。

“仲间,你家在附近吗?”

“我家住在离北口不远的小区里。”

美帆通过书包上的校徽得知优司在博多南工业学校念高中。

车站大楼到了,美帆停下脚步,问道:

“仲间,你为什么要对我说那句话?”

仿佛犹豫了很久。但想到自己明天就要告别人世间了,也就顾不上那些了。

“什么话?”

优司好像没有反应过来。

“就是三年前,在市民医院你对我说的那句话。”

优司依然没有反应。

“你不记得了?”

美帆感到很沮丧——原来这家伙当时只是信口开河而已。

“我记得。”

优司嘟囔了一句。

“可是你为什么要知道原因呢？”

美帆顿觉自己被耍了——我明天就要正式告别世界，人在死前问任何问题都不需要理由——美帆认为。是他自己说的为了小柳美帆可以随时去死。所以美帆想知道等到了明天自己死了，优司打算如何兑现他的承诺呢？

于是，美帆向优司讲述了上个月学校有个女生自杀的事情，说：

“我躺在草坪上，仰望着空中一片片薄薄的云自在地飘浮着，觉得全身都有刺痛的感觉，却又察觉不到具体哪儿痛。突然，有一个奇怪的念头在浮起——我为什么躺在这儿？这时，我看见一个巨大的黑色物体从空中画着抛物线飞快落了下来，明显像是冲着我来的。那个物体慢慢变成了人的形状，我还没有缓过神来就听到一声巨响，它就摔落在了我的身边，距离我不到一米。瞬间，如同碗被打破时的那种迸裂声响冲进了耳膜，接着，一股鲜红的浆液和白白的像果冻一样的东西直喷到我的脸上。”

她把这三周以来自己的记忆中一点点出现的图景告诉了优司。

“那个叫山口的三年级女学生坠落在操场主席台边上时，遥远的童年居然猛地一下被推回到我的眼前——原来我妈妈是在我的面前跳楼下去摔死的。妈妈出事时我才两岁，无论是妈妈的长相、声音还是走路的模样，在记忆中我什么也搜索不到。每天照镜子时，我都会一边看着自己的脸一边想象着妈妈到底长什么样儿。有一天，我突然恍然大悟——妈妈长得就跟我一样，总是一副哀怨的表情。她抛下了还是幼儿的我，跳楼自杀了。”

优司一直在静静听她说着。到了轻轨车站也没有走进去，而是拉着美帆坐在交通环岛一角的长椅上，继续听美帆诉说。一波又一波的人潮涌出检票口，从他们俩身旁流过。

“每当想起亲生母亲的那一刻，我就下决心，不再继续这样活下去，我要去找她！”

美帆把心里的一切全都告诉了优司，除了一件事，即关于自己成长的家庭环境——父亲俊彦外遇不断、母亲早苗把“汤匙”从阳台上扔下、自片濑川溺水事件后弟弟正也不原谅父亲等。连她自己也很困疑，为什么要对优司如此坦诚地讲这些。

“小柳，死并不是一件多么了不起的事。”

优司的目光盯着检票口，脸色平静地说。

“有一次,我差点儿死了,于是就明白了。”

他把脸转向美帆。

“死一点都不痛苦,跟睡觉差不多。”

美帆看到优司的眼中带着认真的神色。

“并且,肯定会再次醒来。”

“醒来?”

美帆很疑惑优司在说些什么。

“我以为我死了,结果又醒过来了。”

那是当然啦,美帆想,你要死了我现在岂不是在和鬼说话?

“你说醒来是?”

美帆再次问。

“我记不大清楚了,我好像变成了龙。”

“龙?”

优司点点头。

“你说龙,是指像蛇一样的龙吗?”

“龙跟蛇不一样。”

优司严厉地纠正道。

优司突然的一番奇谈怪论,使美帆不由自主地盯着他。

“我很纳闷,我怎么会变成龙呢?原来我是看到了自己的身体。”

听起来真像痴人说梦，精神病人在说疯话。但听者美帆却没有这样认为，仍在虔诚地听他继续往下说。

“我醒来时，是我的心告诉我的。我也说不清楚，总之我变成了龙的心。”

“龙的心？”

“对。”

优司眼睛瞪得大大的，坚定地点点头。看到他这么率真的萌萌的表情，美帆觉得他好可爱，不免心头一热。

“小柳。”

优司叫她的名字。

“就在那时我才知道，灵魂并不是一个整体的存在。也就是说，灵魂并不是一整块地坐落在我们身体的某一角落，而是一点一滴地渗透在我心里，无数个细小的灵魂充实在我心中。尽管我看不到它们细致的模样，但我知道那是一条龙的形状。在我溺水即将陷入昏迷的时候，无数条小龙就一个一个地从心里奔腾出来，汇集在一起成了一条大龙。我们平时觉察不到灵魂的存在，就是因为灵魂变成了无数个小颗粒，对我来说，所谓死，就是镶嵌在我心中的小龙变成一条巨龙而已。”

优司的表情充满怀恋，但美帆根本如坠五里雾中，依然不懂他到底在说什么。一会儿是龙的心，一会儿又是心里的龙，这词儿深奥玄乎，而且很酷。

不过，美帆觉得龙这个词特别适合仲间优司。

但为什么会是龙呢？

“小柳。”

优司再次叫她。

“人不能好好活着，也就不能好好地死去。生和死是同一件事。现在的你是变不成龙的。无缘无故想死去的人不会有善终。”

美帆微笑着看着他，心中自语道：我又没把所有事告诉你，你怎么知道是无缘无故呢？

“那现在的我能变成什么？”

她故意嘟着嘴问道。

优司认真地思索了一阵。

“最多只能变成只老鼠或兔子吧？”

他脸上露出顽皮的笑容。

二〇〇五年一月四日

片濑车站是一个大站，可以通过 JR 和西铁。新町是以片濑车站为中心向四周铺展开来的城市区，南口附近是一丁目、二丁目，北口附近是三至五丁目。南口和北口各有一条商店街，不过“光”所在的南商店街更为繁华。

美帆在“片濑车站北口”下了车，朝对面的新町北商店街走去。虽然大部分商店在大年初三就开门营业了，但还有不少店铺依然紧锁店门。路上的行人也不多。像东京这样的大都市，商家们基本上大年初二就开张营业，甚至还有不少商店新年期间根本就是不关门，照常经营。

美帆走在这条冷清的商店街上，切身感受到东京和眼下的这个小城时光流逝的速度并不相同。

商店街左则离拱廊五十米远的就是“富士本烤串店”。店面不大，宽幅有四米左右。两层楼房看起来不像是商铺倒像是住家。听香澄说一楼是店铺，二楼是优司的住房。

店门上贴了一张纸,上面写着“初六开始营业”。

美帆看看时间,下午一点半,优司要是在家就好了。

她在门口找了一番门铃,最终没找到,似乎只能从店门进入。

无奈之下,她开始拍打店门。她一边拍打着门一边呼唤优司的名字:“仲间……仲间……”

冷清的路上仍不时有人经过。她轻轻地、小心地拍着,少顷,一直没人回应后,她逐渐加大了拍打的力度,呼叫声也随之大了起来。

五分钟后,店里的灯亮了。一个黑影走了过来,门从里面开了。

“新年快乐!”

美帆说道。优司目光呆滞地看着美帆,在他身上完全感觉不到新年的气氛。

“你还在睡觉?”

“你怎么来了?”

优司觉得奇怪。

“过年时我就回来了,返回东京之前我想见你一面。”

去年春节假期美帆去了意大利，到春分时才回到老家，也正因为如此，她才有了跟优司时隔十八年之后的重逢。

“快让我进去吧，外面很冷。”

美帆说。

“里面很乱。”

优司说着，慌忙打开门。

美帆右手提着从老松町的超市购买的食材走进店内。

优司赶紧接过她手中鼓鼓囊囊的购物袋。

“你新年也没吃年糕汤吧？”

美帆问道。

“年糕汤啊？”

果然是刚起床。美帆还是第一次看到优司这样的处境。

“我想做给你吃，所以买了很多食材。楼上有厨房吗？”

优司默默地摇摇头。

“冰箱呢？”

他点点头。

美帆叹了口气，从他手中取过购物袋后走进吧台。她把买来的东西放在烤串台旁边的案板上，把肉、鱼和蔬菜等放进了储存烤串食材的大冰箱内。

这家店真的很小,估计还不到33 平方米大。

一进店门,右侧就是吧台,周围有八个座位。吧台对面是一个形状特别的桌子,周围可以坐十来个人。所以店内最多可以容纳二十几个人。座位数是严格控制的,目的就在于提高顾客的回头率。这是经营烤串店的秘诀。

香澄曾说过优司这家店的生意火爆,美帆一走进店内就感觉到了——她有过多年的美食采访经验,熟知人气餐厅的氛围。这家“富士本烤串店”,尽管还在歇业,但她嗅到了这种氛围。

“仲间,你喜欢吃猪排饭吗?”

她向站在门口的优司询问道。

“嗯。”

“那我就做年糕汤和猪排饭给你吃。”

“要不先去二楼喝杯茶什么的?”

优司一脸困惑地问道。

二楼有三个房间。从店门口左侧的楼梯上去后,前后有两间和室,尽头是浴室、洗手间和厕所。右侧还有一扇门,美帆猜那应该就是第三个房间了。房子整体很老旧,至少有二十年的楼龄了。因为一楼做成了店面,所以才赶紧在二楼装修了卫浴。原来肯定是一家普通民居。

优司带着美帆来到前面那间 13 平方米大小的和室里。榻榻米上铺着灰色的地毯,中间放了一个暖炉。面朝商店街拱廊的墙壁上和右侧的墙壁上各有一扇窗,但上面装着磨砂玻璃,根本看不清外边的景象。除了暖炉之外,和室里面只有一台旧电视机和一个茶柜。茶柜上面放着一个电暖壶。

此外,美帆在屋内只能看到墙上挂着一个类似夹兽器一样的东西。

优司从茶柜里取出茶具,沏了一壶日本茶。

他端着两杯茶来到美帆坐的暖炉旁,然后背对着窗户,坐在了美帆的斜对面。那可能是他的固定座位。

“这就是所谓的寂寞的家啊。”

美帆说完,品了一口茶。

“真香。”

她不由自主地发出赞叹。她看到优司只是在茶柜上似乎随便沏的茶,没想到居然这么香。浓稠的口感更衬得香味四溢,美帆觉得很久没喝过这么香的茶了。

“这是哪儿产的茶?”

优司看着茶柜上的茶罐说道:

“可能是八女产的吧。”

这杯茶令这个毫无生气的房间变得温暖了起来。

优司默默地端起茶杯。他上身穿着厚厚的运动衫，下身是一条旧的牛仔裤。不管怎么看他现在都是一副烤串店老板的样子。

室内一时响起两人喝茶的声音。即使都不说话，都不会感到尴尬。

“那是什么？”

美帆环视着四周，指着挂在墙上的白色物体问道。

优司回过头去。“那是大白鲨的嘴和下巴。”

那个看起来像夹兽器的东西原来是大白鲨的下巴。张大的嘴巴里，上下都排满了尖利的牙齿。

“哪儿弄来的？”

“我在捕鱼船上时被他咬到了。”

优司若无其事地说道。

“我们拉起渔网时一条大白鲨居然也被拉了上来。本来，我已经在甲板上把它弄死了，但没想到它的神经系统并没有死，它拖着浑身是血的身体突然冲过来咬了我一口，幸好隔着橡胶皮靴，伤才没有那么重。事后，我一想到差点被它咬掉一条腿我就不寒而栗，心有余悸啊。”

优司说完，就从暖炉下伸出右腿，把牛仔裤卷了起来。

“你看。”

肌肉凸起的腿肚上印着一个清晰的牙印。

“就在被大白鲨咬着的当口，刚好一个巨浪袭上甲板，我被打进了海里。我拼命抓住缆绳的浮标，最终船员们把救命绳扔给我，才把我拉了上来。我被这家伙害得差点送了命。”

优司抬起头，又看了一眼墙上挂着的大白鲨的下巴。

“所以，我就把它的下巴割了下来。在船上时我每天都用锉刀打磨它，所以变得现在这么亮。”

“但是……”

他说得轻描淡写，漫不经心，但从腿上的牙印来看，当时的伤势一定很严重。

“受了这么重的伤，你还继续工作吗？”

“在渔船上不干活马上就要饿肚子。我求大副帮我缝好伤口，打了一针青霉素，第二天就回到甲板上继续工作了。近两年的航海生活中，船上无论谁都曾受过不同程度的伤。没有死掉就算万幸了。”

在浅草吃饭时优司说“航海时死了两人”的话犹在美帆耳边响起。

“真恐怖。”

美帆只能说这些。

优司站起身来,拿过小茶壶把两人的茶杯再次斟满。

“是吗?”

他的目光变得深邃,仿佛想起什么。

“时过境迁,偶尔想起这些经历是不是还有些怀念呢?”

美帆问。

“怀念倒没有,只是庆幸留下了一条命。”

优司说道。

美帆很快做好了年糕汤和猪排饭。因为她事先已经在家花很长时间炖了高汤并装在暖壶里带来了,所以做这顿饭不费时间 。

“真是好吃啊。”

优司大口吃着,赞不绝口。看着他狼吞虎咽地大吃自己亲手做的饭,美帆觉得很开心。

“莉莉子还好吗?”

美帆向嘴中塞满猪排的优司问道。

“她现在在高知市的一家酒店打工。好像每晚都打电话向香澄哭诉说想早点回到这里来。”

十一月中旬,莉莉子去了高知。

挨打事件之后,莉莉子就被香澄藏在了酒吧二楼。研一也屈服于优司的警告而没有立即去找莉莉子。但一个星期之后,他突然来到了“光”酒吧,于是香澄立刻打电话叫来优司。最终优司和研一在店内大打出手,研一用啤酒瓶砸了优司的头部,最后甚至叫来了警察。

听香澄说,优司当时并没有像以往那样猛烈殴打研一,她觉得不可思议,说“看来他还是很在乎研一”,美帆则认为是隅田公园流浪汉事件给优司心中留下了阴影。

隅田公园流浪汉事件警方最终也没有调查到优司和美帆头上。曾留下证言的那名少年也死了,死亡人数增加到了三名。人数的增加使得原本同情海江田的社会舆论顿时一边倒地转向对死去少年的同情。

在“光”酒吧的斗殴事件之后,优司就把莉莉子送到了高知的朋友那里——优司没有起诉,研一也就没被羁押,不知什么时候他还会再来找莉莉子。

年底时,警方发出了对研一的通缉令。

“研一还没有被抓到吧?”

优司点点头。

“他应该没有走远。”

他停下筷子,露出不悦的表情。

“他以为是我向警察报的案。”

美帆从香澄那里得知了事情的所有过程。

研一解除拘留后,香澄打电话给美帆请她能收留莉莉子,让她去东京躲一段时间。美帆立刻答应,但很快又遭到优司的阻拦。优司坚决要把莉莉子送到高知去。

“研一想早点搞到一笔钱!”

研一伙同他人向博多的一家大型建材公司老板实施敲诈勒索,老板没有屈服,果断地报警了,最终他们的诡计败露。他同伙的两个人遭到逮捕,研一在警察到来时居然成功逃脱。

他们决定对建材公司的老板实施敲诈并进行了周密的计划——老板有两个儿子,二儿子作为继承人目前在总公司上班,而资质较差的大儿子被派到马尼拉的分公司当经理。那个蠢货居然把一名十三岁的菲律宾少女软禁在家中当性奴而肆意玩弄,惊动了马尼拉警方,也在菲日裔侨民中造成了恶劣的影响。

为尽快摆平此事，那蠢货给了那名少女的父母一笔巨额的封口费，但女孩儿还继续扣着。这件事通过日本侨民传到了国内，传到了研一以前所在帮派的那些混混们的耳中，于是其中两个马仔便飞到马尼拉，花言巧语骗取了少女父母的证词，同时买通了仆人在大儿子的房间内安装了针孔摄像头，摄下了他对少女实施的变态性行为的视频。

研一等三名黑帮成员就是以这段视频为要挟，对建材公司的老板实施了敲诈勒索行动。

“是被害人向警察报案的？”

美帆说道。

“唔……好像是的。”

优司含糊其辞。

收拾好餐具之后，美帆便起身告辞。优司如她所预料的那样，提出要开车送她回老松。时间不知不觉过了下午五点，走出门外，发现夜幕已悄然降临。新年的夜晚毕竟寒冷，优司的车停在店后，坐在副驾驶座上，美帆的身体竟然颤抖起来。黑色的皮革座椅显得格外冰冷，优司打开了车内暖气。

“为什么一直戴着墨镜呢，仲间？你不是已经金盆洗手了么?"美帆说。

在寒冷冬季的昏暗的夜暮时分戴着一副墨镜,真让人费解。

"那次遇害被刺中肾脏之后,视野内会经常出现一片空白,任何东西也看不到。我咨询了庆应的医生,但他也不知道什么原因。"

"哦?"

"香澄咨询了她的一位中医朋友,说是肾脏与眼睛是相通的,所以会偶尔出现这种情况。"

优司说着,发动了车子。

大约三十分钟后,到了老松。

车子在美帆家旁门口停下。

"今天谢谢你的款待。"优司致谢道。

拥有一大片草坪的美帆的住宅就在眼前。弟弟正也昨天傍晚乘飞机赶回了东京,再过三四天,美帆也要回去了。美帆觉得母亲早苗独自一人住在这么大的宅子实在是空旷寂寞。

暖气开得很足,车内十分温暖。

"仲间,我有件事想要拜托你,也只能拜托你。"

美帆捏着在腿上的提包提手慢吞吞地说出这句话。其实,她正是为了这件事才专门来到新町来找优司的。

“什么事?”

优司摘掉墨镜,看着美帆。

“可不可以陪我尝试一次‘毒爱’? 只要一次就行。”

优司的眉头微微皱了一下。

“小柳,你知道什么是‘毒爱’吗?”

“我知道。正因为知道所以才只能拜托你啊。”

优司似乎惊呆了。

“真的知道? 所谓‘毒爱’就是使用兴奋剂跟男人做爱!”

“嗯。”

美帆尽量控制情绪,面无表情地点点头。她对自己的镇定感到意外。

“为什么想做这件事?”

这是预料之中会提出的问题。

“香澄和莉莉子都说很刺激。我身为女人,也想尝试一次。”

优司惊讶的表情没有发生改变。

“我想知道真正的原因。”优司问。

美帆避而不答。

少顷,她深深叹口气,视线转向挡风玻璃的正前方——一株株树光秃秃地挺立在寒冬阴郁的风中。

"我是性冷淡,至今为止从没感受过高潮。"

美帆觉得这句话她必须一口气说完。

"男人只要出钱就能买到快乐,但女人不行。女人即使跟很多男人上过床,有过多少次性经历,也未必有过快乐。而且,同样身为女人,有人能有欲仙欲死的快感,而有人则像我这样麻木不仁,同死人一样。所以我想尝试一次'毒爱',如果有幸能感受得到,说不定我能重新认识自己的身体,这样就能拯救我。所以无论如何我也要尝试一次。"

优司抱着胳膊听美帆把话说完。不知何时他又戴上了墨镜。

"即使是'毒爱',也只是像升入高空的烟花一样。烟花终究只是烟花,只有片刻的璀璨而已。"

优司轻声说道。

"我都这么不知廉耻地来求你,我只求你一次。明天这个时间,我在酒店开好房间,然后给你打电话。拜托你事先准备好药。"美帆一脸红晕。

优司久久地沉默着。

"你都吃过我给你做的年糕汤和猪排饭了,难道想吃白饭?"美帆半开玩笑地催促道。

优司的表情终于有了松动。

“你今天来的真正目的就是为这个吗?”

优司藏在墨镜后面的眼睛直直地盯着美帆。

“小柳,你究竟有什么目的? 你提出这么莫名其妙的要求,难道你以为我会毫不犹豫地答应吗?”

美帆原本就不认为优司会轻易答应自己。

“我什么目的都没有。也从不认为你会立刻答应我。”

“那为什么要拜托我这些?”

“没有为什么。这段时间发生了很多事,我变得有点不对劲。即使你不答应我,我也会去拜托其他人的。只要能让我爽到就行了。”

隔着墨镜片,美帆无法得知优司是什么表情。

美帆屏气凝神,认真观察着他的反应。他毕竟也是一个男人。即使他不想钓这条鱼,但一听到鱼马上就要跳进他人的网里了,肯定也会想立刻拉起鱼竿的。何况还是我在诱惑他,美帆想道。

“真不知道你想干什么。”

优司嘀咕道。

“难道是被你喜欢的男人甩了,所以自暴自弃?”

“你爱怎么说就怎么说，反正不关你的事。”

美帆说完，便将手伸向门锁。今天不行的话，那就明天、后天，反正时间多得是。其实美帆不希望优司接受这种诱惑。但他一旦上钩，就必须承担丈二的角色。

“我只答应你这一次。”

在美帆打开车门准备下车时，他终于说话了。美帆重新关上车门，看着优司。

“不过，必须现在就去。”

“现在？”

优司点点头。

“从明天开始我要去一趟宫崎，采购一些肉。只有今天有时间。博多不行的话还有久留米，我会去那儿准备药。如果今晚不行的话，我就当没听过这件事。”

优司淡淡地说道。

“我知道了。”

美帆掩饰着内心的失落，答应了他。

下午七点钟，两人就来到了西铁久留米车站前。优司开着奔驰车，以每小时二百公里的速度行驶在九州高速公路上，一路上并没有遇到返乡车潮的高峰期。由于速度太快，美帆一直僵硬地瘫坐在副驾驶座上。

优司把车停在车站前的停车场上，然后走进车站大楼附近一家老旧的咖啡店内。美帆把脚踩在地上时才终于松了一口气。她坐了下来，点了一杯咖啡。当服务员问优司是否需要点餐时，他摆了摆手表示拒绝。然后立刻站了起来。

“在这儿等我二十分钟。”

说完他就走出了咖啡店。离开前他在美帆的耳边说道：

“如果后悔，现在还来得及。”

半个小时过了，优司没有回来。美帆渐渐产生了怀疑。不管怎么说，自己刚刚的请求都太莫名其妙了。依优司以往的风格来看，不可能这么轻易地答应自己。

难道优司是故意把自己留在这里的？会不会是想让自己冷静一下呢？美帆想道。

时间过了七点四十五分，美帆站了起来，准备去停车场看一下。就在这时，优司终于回来了。

他的手里拿着一个褐色的纸袋。

“我们现在就去吧。”

甚至没有一句道歉，他拿起桌上的账单就往外走。

美帆感觉到,他戴着墨镜的脸渐渐变得凶暴起来。语气也粗暴了很多。

奔驰车在夜路上风驰电掣朝大牟田方向疾驶而去。美帆完全不辨东西南北,狭窄的道路两侧全是农田,几乎看不到灯光。二十分钟之后,一家情人旅馆突然出现在眼前,牌匾上写着“河畔2”,美帆猜测应该位于河边,但听不到河水声。

优司毫不踌躇地把车开向闪烁着箭头彩灯的入口处。穿过巨大的塑料门帘后,左侧就是建筑物,建筑物旁边分别用混凝土墙隔成一个个的停车位。车子继续向前行驶,尽头是一堵灰墙,左转之后又是一排停车位,零星地停着几辆车。优司把奔驰车倒进正中间的一个车位上。

“到了。”

他粗声说道。

“仲间,你来过这儿吗?”

他似乎对这儿非常熟悉,美帆忍不住问道。

“很久之前来过。”

他冷冷地回了一句。

这是美帆生平第一次进情人旅馆。

优司走到镶在入口旁墙上的灯箱前,美帆站在他的身后。

优司按了一下灯箱下面的按钮,里面立刻传来“请进”的声音。

美帆被灯箱上的图片吸引住了——房间里有一个铁笼,墙上和天花板上挂着铁链和捆绑器具之类的东西。后面还有一张床,前面放着一张形状奇特的红色椅子。

优司利索地打开铁门,美帆紧随其后。

迎面是一条昏暗的楼梯,四周的墙壁和楼梯本身都涂成了猩红色。上楼之后,右侧还有一扇门,但这扇门没有锁,一拧把手就轻易地打开了。玄关很窄,走进里面后才发现这就是刚才在灯箱上看到的那个房间。

“进去吧。”

优司有些不耐烦地催促道,甚至用力推了下她的屁股。美帆赶紧准备脱靴子,优司又说“直接进去就行了”,美帆穿着靴子径直通过铁笼的门,走进屋内。美帆今天穿得很朴素,一条及膝的长裙和羊绒毛衣,外加一个长大衣。

优司也穿着鞋子走进来。他从背后为美帆脱掉大衣,卷成一团扔在了远处的床上——这可是美帆新买的 Prada 羊绒大衣啊。

优司脱掉黑色运动外套和里面的衬衫,裸露出上半身。美帆对他动作之迅速不禁惊讶。优司的裸体非常漂亮,发达的胸肌随着手部的动作凸显出来,腹肌也被完美地分割成了六块,背上的那条龙也静静地盘踞在那里,可能因天花板上蜡烛形的灯带有红光,背上的这条龙也显得鲜红,可以称之为活龙活现吧!跟之前在病房见到的似乎不太一样。

优司从纸袋中取出一个素烧盘、一瓶纯净水以及一把大剪刀。然后谨慎地从牛仔裤的口袋中取出一个小塑料袋。

他把盘子摆在放着卡拉 OK 曲目表和菜单的柜子上,用剪刀小心翼翼地剪开小塑料袋的一角,把白色粉末倒在盘子里。然后又谨慎地把纯净水慢慢倒进盘中。美帆无事可做,只能默默地看着优司做着这些。

把水倒进去之后,优司用无名指将粉末和水搅拌在一起,甚至吸了两次手指尝试味道。

"好了。"

始终沉默不语的优司终于发出了声音,回头看着站在他背后的美帆。

"小柳,坐在那张椅子上。"

他命令道。

走进房间之后优司立刻摘掉了墨镜，大眼睛放出一种异样的冷光，与往日的优司迥然不同。

那张椅子的结构很奇特，黑色支柱下吊着两根像秋千般的铁链，背板部分和坐板部分相互分开，分别有两个地方连着铁链。背板的形状跟普通躺椅差不多，而正方形坐板则被挖了一个凹洞。背板和坐板都是聚氨酯材质，上面还铺了一层鲜红色塑料膜。

黑色底座支撑的支柱上还垂着另外四根铁链。这四根铁链同时还跟大小两种尺寸的黑色皮带相连接，其中两根是用来捆绑手腕的，另外两根是用来捆绑脚的。

美帆看着优司，眼睛里满是狐疑惊恐之色。

“还磨蹭什么，快点坐上去！”

优司说道。

美帆双手扶着支柱，慢慢坐在那张椅子上，椅子立刻晃动起来，像荡秋千一样。

优司过来，用皮带绑住美帆的双手，然后撩起她的裙子，把绑脚用的皮带使劲扣在长筒靴的边缘，扣上搭扣。

大姑娘上轿头一遭的美帆压根儿不知道这些程序，听任优司摆布,万万没想到自己转眼间就动弹不得了,心里直打鼓。接着,当优司来到她的脚边,开始用剪刀剪她的丝袜时,她从心底里感到害怕。

“等一下！让我自己脱衣服。”

她听到自己颤抖不已的声音。

优司停下手,眼睛里射出一丝愤怒的光。

“做‘毒爱’脱光了衣服怎么做？当毒品发挥药性时,你会因浑身发热和兴奋而哀求我把剪刀给你的。”

优司晃动着右手上的剪刀,露出一丝蔑笑。

“那是怎么回事?”

美帆抬起头,好奇地瞪着优司。

“到时候,你会亲手剪碎这些价值不菲的衣服,因为这样做你会更加兴奋。”

优司轻描淡写地说完接着剪她的衣服,他已经把靴子以上的丝袜都撕了,接下来准备剪美帆的内裤。

“住手,我不好意思。”

没想到事情突然发展到这一步,美帆忍不住尖叫起来。

她挣动着手脚,拼命抵抗。

“不是你说想要尝试‘毒爱’的吗?”

优司大喝一声,用力按着美帆的腰。

“你想干吗? 不要乱来!”

美帆厉声喝道。优司根本不理她,抓起内裤就用剪刀剪断了。

顿时,悔恨的心情从美帆的内心一拥而上。

“你还说什么性冷淡,根本就是撒谎!”

“住手!”

美帆提高声音喊道。这次因为羞耻,她的全身都颤抖起来。脸颊像燃烧般滚烫。

“我现在就把这个涂满你那里,这些分量,足够你疯了般狂叫。好好享受‘毒爱’的天堂吧。”

优司说完,就用手搅动盘子,然后大声吸着沾在无名指上的兴奋剂溶液。

“没掺任何杂质的上等货,绝对让你爽。”

美帆完全不知道该怎么办,只是任泪水在脸上静静地流淌。她追悔莫及,为什么自找苦吃到这个鬼地方遭这种罪! 完全是自虐!

“小柳,你准备好了吗? 接下来会发生什么事我也不知道。万一你肚子里有孩子,它就会直接流掉的。你不担心这个吧?”

优司再次来到美帆的身边，开始把那可怕的液体涂到她的下身，令人毛骨悚然的快感让美帆浑身燥热，双腿不住地颤抖，几乎陷于昏厥之中。

“我涂药了。”

优司说。

“等等。”

美帆叫道。

“求求你住手。”

美帆拼命摇着头，不停地喊道：“住手！求你住手！”。

“求求你，我不要了，我不要了！我做不到！我做不到哇！”刹那间，自尊、廉耻和羞涩全被抛在脑后，美帆失声恸哭。

绑在她手脚上的铁链发出“咔嚓咔嚓”的巨大响声。

“为什么现在就说不干了？就此停手，你还会去求其他男人！”

“不要！”

美帆声嘶力竭地狂喊道。

“为什么不要！”

优司发怒道。

“我知道你另有目的！否则，你不会提出‘毒爱’这种狗屁的荒唐要求！”

“不要、不要、不要……”

美帆拼命扭着腰，想要躲开他。铁链撞在一起，吊着椅子的铁框发出“嘎吱嘎吱”的刺耳声音。

“求求你，快住手。我有孩子了，我肚子里怀着孩子！”

美帆尖叫着，终于号啕大哭起来。

优司把她从椅子上放下来，带到床边，美帆趴在床上涕泣不止，哭了一个多小时。

怎么办？我该怎么办？我好害怕，真的好害怕。我不想做母亲，绝对不要做母亲。

她只知道自己一直在不停地念叨着，但脑中一片混乱完全不清楚究竟在说什么。

美帆用尽全身的力气号啕大哭着。

优司只说了一句“我就猜到这么回事”后，就一直沉默地坐在旁边。

走出情人旅馆已经十点多了。哭累了的美帆在车里睡着了，直到优司晃动她的肩膀时才醒来。老松的老家就在眼前，周围漆黑一片。美帆觉得好久都没睡得这么香了,几小时前发生的事情就像一场梦。坐在驾驶座上的优司依然戴着墨镜,跟平时一样。

优司递给她一个纸杯,这时她才意识到车内飘散着咖啡的香气。美帆喝了一口暖暖的咖啡,喝完三分之一后,感觉意识清晰起来。

"为什么只有女人生孩子呢?又为什么要让我做这种选择呢?"

她幽幽地说。

"你不生不就行了吗?现在可以去堕胎啊。"

优司回答道。

"事情不是你说的这么简单。"

"身为女人,一半的责任就在于生孩子。要么就做个完整的女人,要么就不要做女人。"

即使这样斗嘴,美帆也觉得跟优司在一起感觉很安心。

"我不是因为孩子没有父亲才不想把他生下来的。我只是不想做母亲。"

优司缓缓地吐了一口气。

"那就赶快去堕胎啊。正因为你无法彻底消除想要生下来的念头,所以才会采取刚才那种极端的行为。”

美帆默默地喝着咖啡。

“小柳。”

优司叫她。

“不是你想不想生的问题,而是你肚里的孩子选择了你,让你把他生下来。如果他真的要降临人世间,无论你怎么做都阻止不了。”

“那……我和你也是选择好了自己父母后,才来到人世间的吗?”

“恐怕是的。”

“我绝对不是。我不会选择抛弃孩子的父母的。”

“但你还是降生了,这就是靠你自己的力量做出的选择!像我这种人,不这样想根本就活不下去。在我与黑帮一刀两断时,我就暗自下了决心,一定要做一个凭自己的本事养活自己、按自己的意志生活的人。至于我从未谋面的父母如何如何我根本不在乎。我的父母在我出生的那一刻就被我从心底里开除了。”

“开除?”

“是的。小柳,你也可以这么想,是你把你的母亲开除的。你母亲自杀是她自己的问题,与你无关。”

按自己的意志、靠自己的力量在这个世界上生存——至今为止，美帆从没这么想过。

她把手轻轻地放在下腹部。这时她才发现，自己每天都会下意识地重复好几遍这个动作。

腹中的孩子是不是也想按自己的意志、靠自己的力量来到这个世界呢？如果是这样，自己还有什么可烦恼的呢？自己只是帮助他，把他带到这个世上就可以了——美帆突然产生了这种想法。

三月二十七日

(大豆、盐卤、水——做豆腐只需要这三种原材料。正因为如此,它的口感和品质全靠材料的品质和制作方法来决定。如今,精选国产大豆和天然盐卤似乎是高品质豆腐的标志,而在战前这是最普通的制作方法。

当时,要做嫩豆腐是十分困难的。放进盐卤豆浆就会立刻凝固,原汁原味的嫩豆腐需要精确地控制豆浆的浓度和温度以及盐卤的浓度,这些,只有技术高超的师傅才能做得到。

然而,战争爆发后,盐卤成为军需品而受到控制,人们只好用被称为"石膏粉"的硫酸钙来代替盐卤。

"石膏粉"的出现,使以前依靠师傅精巧手艺才能完成的豆腐工艺发生了天翻地覆的变化。将"石膏粉"放入豆浆,它会慢慢凝固,因此师傅的高超技艺便没有用武之地。人们开始轻松地大量生产嫩豆腐,当然,盐卤所富含的矿物质成分也转眼之间从豆腐中消失了。

战后，作为豆腐原料的国产大豆逐渐被价格低廉的进口大豆所取代，豆腐制作开始进入重视价格、口感和品质的时代。)

写到这儿，美帆停了下来。她将视线从电脑屏幕上移开，举起双手伸了一个大大的懒腰。

她瞟了一眼书桌上的座钟，发现不知不觉中已经凌晨两点多了。她做了几个深呼吸，放下手臂，感觉到肚子有些饿。昨晚她在表参道的一家她经常去的意大利餐厅，请香澄和莉莉子美美地吃了一顿。吃完回到家已经十一点多钟了，距离现在不过才三个小时而已，为什么这么快就饿了呢？她感到不可思议。

怀孕之后才知道原来孕吐有两种。以前她一直以为，闻到饭菜的味道就想吐的症状是孕吐。没想到还有一种情况与这种"呕吐孕吐"刚好相反，即：如果不一直吃东西也会想吐，即所谓的"吃饭孕吐"。

她怀孕已经二十三周了，也差不多该从"吃饭孕吐"中解脱了吧，但孕吐却一直如影随形。

现在，美帆正为一家大型食品制造商写宣传文案。她每个月都要承担一份食品杂志的专栏文章撰写和专题报道的制作，每次都有十几页，从策划、采访、撰稿、摄影、设计到最后的定稿以及校对，总之，发稿的一切工作都由她一人完成，每页的稿酬约五万日元。其实并不算多，根据不同的选题策划，有时还要去外地出差，有时要采访很多次。当然，给摄影师的费用另算，在扣除采访经费和设计师的费用后，最后只剩下不到三十万。不过，她能从这份工作中学到很多的知识，积累人脉，也正因为如此，她一直坚持干了三年。

每次她都挑选与食材有关的主题。从水开始，有味精、酱油、料酒、辣椒等调味料，茄子、芜菁、萝卜、胡萝卜、牛蒡、葱、洋葱、叶菜类和蘑菇等蔬菜类，鸡肉、猪肉、牛肉、羊肉等肉类，鱼贝类、海带、柴鱼片、干货类以及大米和年糕等。一旦深入了解，发现食材中可以撰写的题材真是无穷无尽，她对此兴致盎然，乐此不疲。

这次选择“豆腐”和她现在的身体状况有很大的关系。“吃饭孕吐”严重的时候，她总是特别想吃油腻的东西，导致一周内胖了三公斤。她想通过吃些其他食品来抵制饥饿感，曾尝试过含葡萄糖的糖果、果冻饮料、水果干和坚果等，后通过向有生产经历的朋友咨询和在网上搜索，最终发现了豆腐。她觉得不吃油腻食物只吃豆腐,也能抑制恶心反胃的症状。

于是,她立即决定做“豆腐”这个主题。

除了担任这份杂志的专栏作家外,她还有几项相对固定的兼职。收入最大的一项兼职工作是负责销售某出版社发行的月刊中的美食专刊。整个专刊约九十页,编辑费、组稿费和作者稿费包干使用总计九十万日元。此外,每月最少承担一本美食书籍或美食杂志的策划及编辑工作。这类工作的报酬一般视内容而定,有时也会以版税的方式支付,平均有五十万日元的收入吧。全部加起来,美帆这些年来的收入大约每年两千万日元。

从年收入上来看美帆已算是美食作家界的富豪了。但她每天的工作却是异常辛苦,通宵达旦写稿是家常便饭,有时也会像今天这样,请两位朋友来家里小住,在外吃饭到很晚也必须连夜赶完截止日期临近的稿子。双休日经常外出采访和访谈,自己难有一整块的休息时间,看来,所谓自由职业者工作轻松只是徒有其表而已。

香澄只住今天一晚,莉莉子三天前就住下了。美帆把客厅旁的主卧室让给她们,自己则睡在书房的沙发上。这让莉莉子非常过意不去,但美帆必须赶稿,也没有其他的办法,只能这样了。现在,两人在美帆的床上应该已经睡着了吧。

美帆走出玄关右侧的书房,拉开了通往客厅的玻璃门。

她打开灯,走进厨房,在冰箱里翻找吃的东西。这时,卧室的门开了,香澄蹑手蹑脚地出来了。她穿着一件苔绿色睡衣,使她看起来十分可爱和显得年轻。

"把你吵醒了?"

美帆隔着厨房的吧台问。

"有点失眠。"

香澄的母亲去世了,这些天她憔悴了许多。

"哦……"

"美帆,没有影响你工作吧?你这么忙我们还来打扰,太抱歉了。"

香澄向她欠了欠身。

"没问题。今天傍晚才交稿,有的是时间。"

"写书的工作真是辛苦啊。"

"没事儿。"

二十一日,即春分那一天,香澄住在千叶的母亲突然去世了,香澄与莉莉子两人于二十二日飞到东京。当晚的守灵和第二天葬礼结束后,莉莉子就于二十四日来到美帆家。香澄昨天过来接莉莉子一道回家，两人准备乘坐今天白天的飞机返回福冈。

“香澄，要不要一起喝一杯？”

美帆问道。

“可以吗？”

“我也该休息了，不能像以前那样熬夜了。”

所谓以前，不过是几个月前而已。美帆现在却很自然说出这个词。现在的每一天都使她深深感到，怀孕对于女人来说是多么重要的一件事。

“葡萄酒可以吗？”

“当然。”

美帆从冰箱里拿出一瓶沙布利。医生严禁孕期喝酒，所以美帆几乎滴酒不沾，但待客用的葡萄酒却不可缺少。她准备的是 Domani Hamelin 的沙布利葡萄酒，价格适中，口感清爽。

下酒菜是豆腐。她把熊本的味噌腌豆腐、鸟取的豆腐鱼卷以及岐阜的百叶豆腐卷等都装在大盘子里，放在客厅的桌子上。为了这次采访，她从商店买来了日本各地各式各样的奇特的豆腐制品。

两人相对而坐，美帆给香澄的杯中斟上葡萄酒，为自己倒了杯毕雷矿泉水。

“香澄，你辛苦了。”

说着，美帆端起杯子。

“给您添麻烦了。”

美帆也出席了二十三日在千叶市举行的葬礼。

“不过，你爸爸还是挺令人挂记的。”

晚饭时，香澄把自己娘家的情况都详细地告诉了美帆。七十一岁高龄的父亲有腿疾，一个人无法出远门。以前，都是比他小八岁的香澄的母亲伺候他的起居，香澄的母亲不仅承揽了全部家务，还学会了开车。如今因心脏病发作突然撒手人寰，留下香澄的父亲一人不知该如何面对今后的生活。

“我妹妹也不能立刻回去。”

香澄叹息着。据说她唯一的妹妹因为丈夫在外地任职，目前正住在旭川。

“我父亲一个人生活根本无法自理。”

听香澄说，自她离婚以来的八年间，她从未跟家中取得联系。

在“光”开业的三年前，才通过电话跟妹妹和好。

“你索性回千叶算了。”

美帆把自己的建议直率地说了出来。刚才因为莉莉子在场所以没能说出口。莉莉子在二月时从高知回到福冈，现在就在“光”上班。她重新租了房子。

研一目前下落不明，警方通缉令发出后便没有了他的任何音信。

“我妹妹也这么说。”

香澄说。

“我觉得这样好。虽然放弃店子有些可惜，但你还年轻，可以在千叶重新开张开一家新店嘛。”

“这五天我和父亲又住在一起，多年未和他一起生活，我觉得他已经风烛残年了，我要好好照顾他，把母亲的那份子也补上。”

她语气沉重，痛彻心扉。

很难相信这番话出自因兴奋剂中毒而毁了自己家庭的女人之口，眼前的这个女人甚至自甘堕落，当过黑社会老大的情妇。

美帆拿起一根豆腐鱼卷放进嘴里。口感温和美味。

“你舍不得离开女儿吧？”

吃完鱼卷，美帆问道。她没有补充“还有仲间”这句。

“也是原因之一吧。反正已没有可能与她恢复母女关系了。”

“不会的,小光长大之后一定会理解妈妈的苦衷。”

说着,美帆不禁扪心自问,至少自己并不理解母亲的心情,而且也不想去理解。

香澄一口喝光杯中的葡萄酒,又给自己斟满了。

“我曾经想再生一个孩子。”

她看着酒杯说。

“我想再要个儿子。从小我就这样想,将来我一定要生个儿子和生个女儿。我也求过我丈夫,即使不能做爱,还可以通过体外受精来怀孕。为此,我还去过医院咨询呢。丈夫听说后却勃然大怒,身体多病的他平时从没发过这么大的火,他质问我,难道他是生孩子的工具吗?我想当时他肯定是对自己的身体没有自信,随时可能死去的人怎么能生育呢?但无论如何我也想生第二个。正因为知道丈夫随时可能离我而去,所以更想要个儿子。”

“原来这样啊。”

听了香澄的话,美帆觉得能理解她的心情。

“后来我就自暴自弃,参加了交友网站。我说想要得到单纯的性爱什么的其实只是借口。或许我是想要一个孩子,不管是谁的都可以。现在我时常在想,对于女人来说,不可能存在没有爱的单纯性关系。”

美帆频频点头,觉得言之有理。对于男人来说,完全可以为性而性,这是男人的性观念;对于女人来说,无论如何都避免不了“怀孕”这个前提,或许这就是男女之间的本质差异之一。

“香澄,你怀小光的时候,有为怀自己丈夫的孩子而由衷地喜悦吗?”

正如男人存在“为性而性”一样,女人也应该存在“为孕而性”吧。

香澄讶异地看着美帆的脸。

“我是说,你有没有想过,要是怀上了别人的孩子就好了?”

美帆说道。

“美帆,你有过这种奇怪的想法吗?”

香澄大致了解美帆怀孕的事。

“我吧,就是要生下没爹的孩子喽。”

美帆含糊其辞。

“比如说,希望孩子的父亲是优司?”

她还是一针见血,一语中的。

“可能吧。”

美帆坦率地回答道。

“别误会,这并不代表我喜欢仲间优司。只是觉得比起孩子的亲生父亲,仲间这样的人更适合做父亲。你应该能理解我所说的吧?”

其实,自新年那次见面之后,她和优司再也没有通过电话。

“这或许比喜欢更进一步。”

香澄说道。

“没有的事!”

这句话居然脱口而出,美帆自己也感到惊讶。

香澄突然脸色凝重看着美帆。她微皱眉头,长叹一声,“嘘”地将右手食指放在嘴边,嘟哝道:

“或许你能够打败她。”

莫名其妙。

“谁?”

美帆反问。

“之前跟你提过的那个人,富士本美由纪。”

香澄又叹了口气,双眼茫然地望着空中,说道。

四月五日

“爸爸走了才八个月,这未免也太快了吧？怎么说也是丢人的事。”

两杯吉尼斯下肚,弟弟正也的脸一下变得通红。他不胜酒力,这方面丝毫没有父亲的基因反倒像母亲。母亲是滴酒不沾的。

姐弟俩坐在爱尔兰酒吧里,自从和优司来过这家温馨的异国情调的小酒吧后,美帆偶尔也会自己来坐坐。有时一个人,有时会带人来。

尤其是喝过爱尔兰生啤之后,其他啤酒立刻寡然无味。

“居然是雅光哥,太出人意料了。”

美帆最近只喝姜汁汽水。

“好像很早前就开始了。爸爸在樱花园工作时就有人风言风语。新庄是第一次从老员工那里听说的。”

父亲在“片濑樱花学园”工作时，母亲就奔四十了，本多雅光还不到三十岁。母亲早苗要是对他动了念头，施点手段勾引年轻的雅光应该不成问题。

“唉，天要下雨，娘要改嫁，也是没办法的事啊。她不可能一个人长期孤独生活啊。”

“话虽如此，怎么说她也是我的亲生母亲啊。”

“你心里很受打击吧？”

“跟受打击的滋味儿不太一样。”

美帆觉得不难理解。果然从父亲在樱花学园工作的那时母亲就和雅光哥开始暗度陈仓了。弟弟正也在片濑川落水时随后赶来的雅光哥做了那么多，如果考虑到他与母亲之间的这种关系，也就在情理之中了。

当时，听到辅导员问“谁掉进河里了”，脸色苍白地回答“是小柳同学”的那个人就是新庄。他在樱花学园读完了高中，在东京的大学毕业后又回到了樱花学园来做儿童辅导员。弟弟正也和他是有二十几年情谊的朋友。

最近，关于雅光园长和母亲的关系的绯闻再度四起，他立刻打电话告诉了正也。

“他们会正式结婚吗？”

美帆问。

“怎么可能?”

“不过雅光哥一直都在单着啊。或许他一直钟情于母亲才辛苦等到今天吧?”

比起本多园长还是雅光哥这个称呼更顺口。

“太荒唐了。”

正也苦笑道。

“唉,只要母亲不寂寞就行。雅光哥又不是坏人。”

正也一脸不可思议、难以接受现实的表情。

“万一他是冲着我们家财产来的该怎么办?”

“你才荒唐呢。”

这次美帆笑了。

美帆和弟弟正也从小对父母的事都是持漠不关心的态度。如果说,从孤儿院领养的美帆尚情有可原,但作为血亲的弟弟正也居然也与生身父母关系淡薄实在令人费解。这和姐姐美帆对正也的过度关心和呵护也不无关系,美帆甚至觉得自己或许给弟弟带来负面的影响。

转念一想,在父亲拈花惹草和母亲任性偏执的家庭中成长的孩子,一定是有着敏感的神经和过人的聪颖,他们懂得冷静看待自己父母的行为,这是无可厚非的事。

正也从小就喜欢和姐姐在一起玩耍。

连小孩子们都喜欢漂亮的女人。初中时,只要美帆一出现在樱花学园就有一群小孩围过来。即使现在,但凡美帆做客的人家有幼儿,那些孩子们肯定会黏着她,无一例外。

母亲早苗是公认的大美女,但在弟弟正也的眼中,姐姐的美貌更胜一筹。

早苗偶尔会出现歇斯底里的狂躁症状。发作时她会揪住孩子曾经犯的错,把他们轰出门。记得一次半夜大雨,弟弟正也不知为何被她赶到门外雨中,无论美帆怎么抗议如何哀求都无济于事。可怜巴巴的弟弟已经浑身淋湿仍被亲母拒之门外,美帆拿着雨伞和浴巾跑出去,在雨中搂着弟弟几乎一整晚。正也当时才四岁。

弟弟正也长得英俊挺拔,五官精致像母亲早苗。虽然整天忙于工作,但谈女朋友应该绝不是问题。目前,一副快乐的单身汉的帅哥模样,从没正式向家里介绍过他女朋友,而且总是狡辩说"她看到姐姐肯定会自卑得钻到地缝里去",美帆猜测,可能还没有正式列入女朋友序列。

美帆向正也开诚布公他们是同父异母的姐弟。

她拿出了永妻克子的报告书，向弟弟说明了一切。

正也似乎毫不惊讶：

“怪不得我一直觉得姐姐和爸爸很像。”

呱呱坠地就被生母遗弃的美帆，在得知母亲和舅舅的身份之后对俊彦竟是自己生父的事实倍感惊愕与惶遽，看到正也的反应居然波澜不惊，顿觉出乎意外。

“我没打算告诉爸爸和妈妈。我觉得这对他们两个人好。”

美帆说道。

“你不把真相告诉爸爸，是认为是爸爸逼你生母自杀的吗？姐姐，比起妈妈来你难道更恨的是爸爸？”

正也尖锐地问道。

“收养丈夫与情妇所生的孩子并且一直装作不知情把她养大成人，妈妈的这种做法的确可恶。但最不能原谅的人却是那个让情妇生下孩子后逼她自杀，然后对此装着无辜和毫不知情而一直逍遥快活的爸爸。”

美帆说。

“姐姐你毕竟是个女人嘛。”

当时正也这样说，他郑重地发誓绝不会泄露这个秘密。当然,他可能是担心父亲知道这件事之后父母的关系会彻底地崩溃。

美帆产生彻底了解自己的身世的想法是在去英国之后的事。当时,她拒绝了第二任男友的求婚并辞去了工作。刚到英国的第一个月,她在伦敦的朋友的家里借住,之后搬到布莱顿租了房子,开始过起了异国他乡的单身贵族生活。她在那儿上英语学校,还去逛商店、做脚底按摩和修禅。她想,如果能够习惯英国,就多待一两年。

然而,一段时间后,难以忍受的寂寞和孤独扑面而来。这里面有语言不通的因素,也有伙食不习惯的问题。单调的食材,每天都是咖啡面包的饮食令她乏味,胃也跟着不舒服起来。

当然,首当其冲的是不喜欢英国男人。不少在此留学的日本女孩乐此不疲地同英国男人交往,但美帆总觉得英国男人很猥琐,他们接近日本女孩的目的就是为了性,而且极其直率和开门见山,令人讨厌。

日本人常说,只有到了国外才会意识到自己是日本人。也就是说,只有在备尝孤独和寂寞的时候,才会想去探究自己究竟是谁。

在这种心境下,美帆在英国逗留了不到半年便返回了日本。

那年她刚好三十岁。

再次来到东京之后,她不再满足于母校的临床心理课程,开始做一些兼职,决定成为一名美食作家,做一个自由职业者。

她觉得这是人生的一个阶段。

在人生新阶段开始之前,委托专业的私家侦探去彻查一下自己的身世之谜是有必要的,以解除一直以来的悬念。可是除了户籍之外似乎也无其他线索啊,迷茫之际,她的一个律师朋友介绍了永妻克子,永妻克子十分专业,说:“只要从户籍着手就能查清大部分真相。”

一个月之后,美帆收到了永妻克子的报告书,内容十分详细。

——古川美和是小柳俊彦的一名患者。小柳俊彦在东京当医生时与同院的护士稻垣早苗有着亲密的关系,同时又与自己的患者古川美和保持着非同一般的来往。

最终,俊彦选择了早苗而抛弃了美和,但此时美和已经怀孕了。

一九六九年十二月二十四日,古川美和在板桥区的医院诞下一名女婴。美和给女婴取名为美帆。

古川美和父亲早逝,美和的母亲也就是美帆的外婆古川美玲经营一家小饭馆以维持生计。产下美帆之后,美和一边到店里干活一边抚养孩子。两年后,也就是一九七一年七月,同在板桥经营一家酒吧的古川美和的弟弟古川隆志因投资或投机失误而损失惨重并遭到债权人的追逼。作为担保人的美玲为了给儿子偿还债务,只能卖掉唯一的小饭馆兼住宅。

八月,包括古川隆志在内的一家四口全部挤进了板桥区的一间公寓。母亲古川美玲和儿子古川隆志都要出去挣钱,留下古川美和在家辛苦照顾孩子。失去小饭馆这个唯一生活来源而遭受贫穷生活折磨的古川美和,整天笼闭陋室,独自枯坐,精神忧郁不安。九月,沉重的打击接踵而来,母亲古川美玲在她工作的保洁公司内因蛛网膜下突然出血而昏迷不醒,而且很快就断了气,死在工作单位。

母亲的突然离世使古川美和的精神状态急剧恶化。

第二年,也就是一九七二年的二月十四日那天,美和带着两岁的美帆离开了公寓。那天古川隆志外出上班了,下午三点多,古川美和在一通乱逛之后来到了横滨市某住宅区的一栋高楼上,然后从顶层九楼的楼梯口跳了下去。年仅二十四岁。

扔在现场的美帆在他人的保护下交给了舅舅古川隆志。一个月之后,舅舅隆志却把她送进了板桥区的一家孤儿院。不久,古川隆志因婚姻诈骗罪遭到了警方逮捕。

五月,小柳早苗来到了那家孤儿院。通过律师得到羁押在狱中的古川隆志的许可之后,收养了美帆。

两个月后,小柳一家搬到了片濑市。

"爸爸真的不知道吗?"

正也这样问道。第三杯啤酒下肚,脸上通红的酒色反倒稍退一些。

"知道什么?"

美帆反问。

"你是他亲生女儿这件事啊。"

"应该不知道吧?如果知道他肯定会对我说些什么。"

"或许他只是没有说呢?"

"怎么可能?"

"谁知道呢,说不定他就是这种人呢。"

听正也这样一坚持，让美帆不禁想起父亲临终前说的话。“我一直把你当作自己的亲生女儿”这句话难道是在暗示吗？

“我仍是认为爸爸并不知情。”

美帆说。即便他知道，正如他说的那样，是在临死之前才知道的。

美帆和弟弟正也每两个月见一次面。正也去美国留学时美帆也只去纽约看了他一次。当时，他还带了一位黑人女孩过来，把美帆吓了一大跳。

正也回国之后一直很忙，想一起吃顿晚饭都难以抽出时间，无奈，只好约在半夜见面，在酒吧喝点什么。当然，喝完酒，正也也必须赶回医院上班去。

“姐姐，你真的要把孩子生下来吗？”

正也问。

“当然了，已经二十四周了。”

“是吗？”

他吃着炸鱼薯条，含糊地说。

“妈妈好像察觉到了。”

“不会吧？”

“真的。你新年回家时她察觉到的。她还问过我，但我否认了。”

怀孕两个月后，美帆就把这件事告诉了正也。他当时立刻问：

“不会是优司哥的孩子吧？”

正也脑袋里怎么会冒出个这个想法呢？真奇怪。美帆百思不得其解。看姐姐摇头，正也明显露出失望的神色。

“我会告诉妈妈的。”

“拜托啦。”

正也低头回礼道：

“姐姐你的宝贝儿生下来后，不管是外甥还是外甥女我都会帮你的。妈妈肯定也会高兴坏了。”

“会吗？”

“那当然啦。跟她没有血缘关系但跟我有血缘关系啊！况且妈妈本来就很喜欢孩子。”

“妈妈喜欢小孩儿？”

“当然啦，要不然她怎么会收养你呢？”

正也脸上露出“事到如今，你怎么还不知道”的表情看着美帆。

十二点整，两人准备离开。

正也要回位于御茶水的东京医科牙科医院上班，美帆把弟弟送到表参道直到看他坐上了出租车，才独自回家。

前年夏天表参道之丘在同润会青山公寓原址上开工，现在已渐渐呈现出楼宇的轮廓，预计于明年一月竣工。眼下，东京都不少地方都出现大规模的建筑物重新装修或改建工程，表参道之丘就是其中之一。建设这么多的高级公寓究竟给谁住呢？前不久刚落成的六本木之丘，入住的业主据说基本都是IT业人士和演艺界人士。美帆觉得，不管盛装菜肴的容器多么漂亮，如果料理本身不够美味，这道菜就算做失败了，没有任何价值。

最近十几年，这个国家一直在做错事。

哎，像黑川丈二这种品质恶劣的人都能当议员参政议政的国家，能指望它有开明之举吗？做错事是必然的，是无可奈何的。自去年十二月分手以后与黑川丈二再也没有联系过。估计他做梦也不会想到，以那种激烈的方式与自己分手的女人居然怀了自己的孩子。

美帆最终要和古川美和一样，生下一个没有父亲的孩子。

或许正如黑川丈二所说的，血缘是不可争辩的事实。

今后，无论生活多么艰险甚至多么绝望，自己绝不会扔下亲生的孩子去自杀。一旦生下了他(她),就要对他(她)的一生负责,哪怕上刀山下火海,也要坚强地活下去!我才不会因为被男人抛弃了就一蹶不振、阵脚大乱呢。

借用新年与优司见面时他说的一句话——不是丈二把美帆抛弃了,而是美帆把丈二开除了。

今天,永妻克子打来电话。

她已经查到了富士本美由纪的现住址。

从香澄那儿只打听到她是大阪人,但美帆觉得永妻克子肯定有办法查到她的住址。果然,永妻克子的办事效率不一般,上周五,也就是四月一日才委托她,今天就有了结果。

并非美帆着急要见富士本美由纪,而是这周末有事恰好要去趟大阪。

上月末,一位老相识的编辑突然打来电话请她帮个忙。由于在业务上多次受到他的照顾,这件事美帆不能推辞——一位活跃在关西的女艺人为了纪念演艺生涯二十五周年,决定出版一本美食方面的书,无论如何请美帆给予帮忙。这些年那位艺人一直在大阪主持白天的美食节目,在关东地区也通过 TBS 播放。

为了商量相关事宜，美帆将在八日即周五赶往大阪和书籍的出版方见面，下周一和女艺人本人见面，而夹在中间的周六周日却空闲得令美帆不知怎样打发，她突然想到富士本美由纪，借机见一面亦未尝不可。

其实，连香澄也只见过富士本美由纪一面。

被黑帮刺中腹部的优司通过手术捡回了一条命，但在医院住了近两个月，美由纪去医院探望时香澄刚好也在，两人因此见了面。美由纪自我介绍“我是大阪的富士本”，而后又补充说“我丈夫年轻时曾和优司在同一条船上工作过”。她看来比优司大两三岁。

“从优司当时激动的表情看，我立刻察觉到她就是优司喜欢的那个女人。我一直以为，优司的内心深处藏有一个外人无法窥视的隐秘空间，无论你和他有多亲密，是无法走进这个隐秘的世界的。但直觉告诉我，这个人是例外，只有她能走进。”

香澄之前这么说过。

听说富士本美由纪在医院照顾了优司三天后才回去。

“美由纪回去后没多久优司就提出要脱离黑帮组织。我知道他肯定是接受了美由纪规劝的。因此，我也死了这份心——

我赢不了她。”

香澄也这么说过。

根据永妻克子的调查，富士本美由纪和正在读高中的儿子一起生活；和香澄之前说的有所出入的是，那与优司在同一条船上工作的丈夫很早就去世了。

得知这个消息，美帆就越发想去见美由纪一面。

出了表参道，美帆走进鲜花布满的小径。小路两旁樱花盛开，花团锦簇令人心旷神怡。今年气温比往年低，樱花在月末才盛开，现在正是赏樱好时节。

美帆一直认为仲间优司暗恋的人就是美帆自己。

优司在片濑川救了弟弟正也后，在医院所说的那些话就是最好的证据。逐一回顾优司之前的一言一行，美帆没有找到一个能推翻自己这种判断的例子。

但香澄却说优司一直暗恋的是一个叫富士本美由纪的女人。美帆找不到理由否认香澄的这一直觉——优司金盆洗手后开的那家店，店名就叫“富士本”，这充分体现了他对美由纪的特殊感情。

优司到底喜欢谁呢？美帆现在得不出答案。

自己并不是嫉妒美由纪。但对于这个疑问也不能置之不理，不能自作多情，自欺欺人。

美帆觉得自己和仲间优司在心里距离比黑川丈二近，尤其是去年重逢以后，这种感觉越发强烈了。可以说，如果没有遇到优司，自己跟黑川丈二应该不会以那种激烈的方式分手。

所以美帆认为，只有和美由纪本人面对面才能发现真相，才能找到正确的答案。此时，恰到好处地出现了去大阪的这件活儿，或许就是上天要她跟美由纪见面的安排也说不定。

美由纪家里的电话号码也查到了。

明天先给美由纪打个电话。

美帆仰望着路两旁盛开的簇簇樱花，这样想道。

四月九日

不需打手机确认，美帆马上就认出了富士本美由纪。

她如约坐在店里“最中间的那个座位上”。

周六，难波附近人山人海。这里相当于东京的新宿、涩谷一带，与东京相比大阪似乎更拥挤。

美帆乘坐地铁御堂筋线在心斋桥站下车，走过心斋桥的商店街和戎桥，三十分钟后来到了这家位于千日前的铁板烧餐厅。美帆觉得与东京的道路、人潮相比，这里噪音的音量更大——大阪人喜欢一边走路一边聊天。

店里也坐满了人。美帆猜想富士本美由纪在这人气旺盛的餐厅能够选到那么上佳的座位，想必来得很早。不过，美帆又想，凭美由纪那高雅的气质容貌，即使她不来那么早餐厅也肯定会给她留座的。她跟电话中给人的印象一样，有强大的气场，时刻向周围散发着光芒。

美帆拉开她对面的椅子，她站起来说道：“不好意思，在这么喧闹的地方和您见面。”她柳眉微蹙，一脸歉意。

“现在有几个月了？”

美帆坐下后，她问。

“已经七个月了。”

“哦。那还是挺显肚子的。”

“是啊，我太胖了。”

与通电话时一样，美由纪操一口标准的东京口音，婉约动听。而旁边桌上传来的关西口音总令人觉得在吵架。

“初次见面，我是富士本美由纪。”

她深深鞠了一躬。美帆也慌忙还礼：“初次见面，我是小柳美帆。”

美帆决定主动搭腔，这里是大阪，不能让对方牵住话鼻子。

“您久等了吧？”

没话找话，她们在约定的时间准时出现。

“没有没有，我也刚到。”

美由纪不知何时打开了菜单看着上面说道。而后她抬起头。

“美帆小姐，你想吃点儿什么口味的菜？”

她把菜单倒转过来对着美帆。

“我看一下吧。”

美帆说。

“摩丹烧很好吃。”

她指指菜谱说道。

“那我们就来海鲜摩丹烧。”

“好的。”

美由纪合上菜单叫来店员。

“来两份摩丹烧，一份海鲜的、一份猪肉的，还有……”

她一边点餐一边问道：

“美帆小姐，能喝点儿生啤吗？”

美帆摇了摇头。

“那就要两杯乌龙茶。”

她说。

店员离去后，美帆抱歉地说道：

“真对不起。”

“没关系，昨天才跟公司同事一起喝到很晚。”

美由纪说道。

“孕妇不能操太多心。”她又莞尔一笑。

周三晚上，美帆把电话打到了美由纪的家里，刚自我介绍完她就接上话茬：

“啊，原来您就是小柳美帆小姐啊……”

一副很熟识的语气。正在思虑接下来如何避免尴尬的美帆，对她的这种轻松而亲切的口吻不禁觉得意外。

“您怎么知道我呢？”

美帆反问道。

“因为优司以前总是提到您。”

美由纪的话令美帆更加意外。

“我周末准备去一趟大阪，周六或周日不知能否与您见一面呢？”

谁知美由纪连理由都不问，非常爽快地提议道：“好啊。我们一起去吃铁板烧吧？”

服务生送上了乌龙茶。

“对不起，突然给您打电话，还冒昧地提出要跟您见面。”

还是开门见山，把这次见面的理由说清楚为好，美帆心想。

美由纪一口气喝了一半的乌龙茶。

“没关系，因为我知道总有一天会跟你见面的。”

她平静地说。

“是因为想知道优司的事，所以才来的吧？”

然后，她又若无其事地补了一句。

美帆觉得自己的心思全被对方看透了，不由自主地凝视着美由纪的脸。

她体态轻盈，上身穿着绿色T恤，下身牛仔裤，朴素的打扮显得年轻而充满活力，短发染成了亮棕色，尤其是秀目画眉，顾盼神飞，让人印象深刻。听说她比美帆大三岁，今年应该三十八岁了，但从外表完全看不出来，更难想象她已经有个读高中的儿子了。

两人一边吃铁板烧，一边聊天，一个多小时的时间不知不觉地过去了。

起身时，美帆举腕看表，两点四十分。

两人走出餐厅，融入了千日前的喧闹之中。

“今天和明天都在大阪吗？”

走在前面的美由纪回过头问道。吃饭时，美帆是听比说多，做一个忠实的听众，没有氛围插嘴聊自己的事。

“是的。”

“住在酒店吗？”

“住在梅田的希尔顿酒店。”

“今晚要不要来我家住？我儿子正在集训，我们可以再慢慢聊天。”

她的儿子名叫元太，昨天去了六甲参加补习班的集训，明天晚上才回来。

“我儿子从小就喜欢学习，我付高昂的学费让他读私立学校，无论如何都要让他读一所好大学。”

刚才，美由纪笑着说道。

“来吧，酒店的空气干燥，对身体不好。可以用我的换洗衣服，哎，你现在就直接跟我回去吧？”

美由纪拉着美帆的手，脸上洋溢着热情说。

“好吧。”

盛情难却，恭敬不如从命。

两人在近铁难波站乘坐奈良线，然后在鹤桥换乘了大阪线，不到二十分钟，就抵达长濑站。

从长濑站步行十分钟左右，就到了美由纪的家。她家是一个小型的独门独院，坐落在高层的住宅区中。

美由纪在环状线的京桥站附近一家公司上班，是一家专门批发神户牛肉、近江牛肉和松阪牛肉的公司。她到大阪之后就在这家公司就职，已经有十七个年头了。

“当时的想法很单纯，就是想让元太吃到上好的牛肉，把他养育成健壮的孩子。是亲戚介绍的，我非常喜欢这份工作。”

即使坐在电车上，美由纪说话声也很爽朗。

美由纪一九八九年四月来到大阪，当时其丈夫富士本健太去世不久，而美帆才读大二。美由纪二十二岁，元太还是刚满一岁的婴儿。

美由纪带着美帆来到一楼。一楼除了客厅和厨房，玄关旁边还有一个7平方米大小的和室，那是一个佛堂，里面有一个很气派的佛龛。美帆接过茶后，首先请美由纪带自己去佛堂敬了一炷香。

富士本健太的相片满脸笑容地被放在佛龛上。二十五岁的他理着平头，脸颊黝黑，看起来很精悍，美帆感觉他和优司的长相有些相似，但说不出是哪儿。

仲间优司在高中辍学后被卖到捕鱼船上，近两年的航海生活中，一直照顾他、把他培育成一名合格的水手的正是这位富士本健太。优司被鲨鱼咬到右腿又被巨浪打进海里后，拼命救他的人也是这位富士本健太。

渔船在室户登陆，优司在船长和大副的陪同下来到高知，找到了美由纪。

一见到美由纪和元太，优司捧出富士本健太的遗物跪在地上号啕大哭。

富士本健太航海时，美由纪通过他寄来的书信和录像认识了优司。富士本健太在信中还说："我找到了一个好弟弟。"

看到眼前这位年轻人痛苦欲绝的样子，美由纪真正切身体会到噩耗的意义——丈夫回不来了。

上完香回到客厅时，美由纪已从二楼拿了一套运动衣下来。

"赶快换上吧。"

她对还穿着深蓝长裤套装的美帆说道。

"我去元太房间睡，你就睡我房间的床上吧。二楼也有卫生间。"

美由纪说道。

晚餐是烤肉。美由纪给美帆看了一下冰箱，里面塞满了切成块状的神户牛肉。美由纪把加热板放在客厅的餐桌上，烤了很多牛肉和蔬菜。神户牛肉的油脂和肉汁浑然一体，鲜嫩柔软。蘸着加了黄油和蒜末的酱汁吃，入口即化，非常美味。美由纪自己喝啤酒，为美帆准备了乌龙茶。

"能吃到这么好吃的牛肉，做这个工作也值了。"

美帆说。

“是啊。明天元太回来还要吃烤肉。那个孩子能轻而易举地吃掉一公斤的牛肉。他这个年龄的男孩儿,胃口真是好得不得了。”

美由纪畅饮如注,从一口干的喝法看她酒量应该不错。

“元太学习很用功吧?”

“每天都要去补习班。很可怜,但也没办法啊。我当初也想多读书,因为家里穷只读到了高中,并且不是普通高中只是职高而已。跟我比起来,他幸福多了。学生时代不好好学习将来后悔都来不及。玩乐这种事什么时候开始都不晚。优司来这里时也总是鼓励元太要发愤,将来考个好大学。并且还跟他约定了如果考进一流大学就给他奖励一百万日元。元太信以为真。”

“我觉得仲间是认真的。”

美帆说道。

“可能吧。”美由纪苦笑一下。

“我听说是美由纪小姐您说服了仲间优司脱离黑帮的。”

美帆没有提及听谁说的。

“没有的事。”

美由纪立刻否认。

“是吗?”

“当初优司被捅了一刀,身受重伤时,我去医院探望他,只说了一句话‘你告诉我,我该如何跟元太解释’。那个事件大阪新闻也有报道,当时还是小学生的元太刚好在电视上看到了。他哭着问我,优司叔叔真的是黑社会吗?我只能对他说,肯定是其他人,只是同名同姓而已。在病房里我把这件事告诉了优司。”

说完,美由纪把手中的酒杯放在桌子上。

“其实,优司加入黑帮的部分原因可能是因为我。一介渔夫,死了也没有任何补偿。在南非时为了搜寻我丈夫花了不少钱,所以优司在船上挣的工资大部分用在了这上面。我抱着年幼的元太感觉前途一片渺茫,真不知怎样活下去。优司安慰我说钱的事情他来办,让我不要操心。然后,他就去了博多。一个月后他给我寄了一大笔钱。我打电话给他,说这钱我绝对不能收。他说叔叔的债务并没有他想象的那么多,所以还清后工资还剩余不少,无论如何要收下。我想,那时他已经加入黑社会也未可知。直到我们搬到大阪很久后,我才知道他做了黑帮的头目。唉,我太粗心了。”

“哦?原来如此。”

“优司一直给我寄钱。我不想要他的,尤其是在得知他做了黑社会之后就更不愿意要了。但优司一直坚持说这些钱是干净的。无论他怎么表白这些钱的干净与否,我也会认为他总会有些不义之财。不过,我并没有强行拒收他的钱,一则不近人情,辜负了他的一片好意,二则如果我坚持不收的话,优司恐怕再不会回到正常世界来的。”

美由纪慢慢地说着。

可以说,开普敦发生的那件事令仲间优司遗恨终生。

一九八八年他们到南非来捕鱼。此时的南非,以种族隔离政策为支柱的白人独裁统治正在面临瓦解,社会动荡不安,恐怖分子和黑人相继发动恐怖事件和暴动,社会治安越来越差,昔日繁华的国际港口城市开普敦演变成与纽约齐名的犯罪猖獗的魔窟。

入港后的第五个晚上。

一个自称是出租车司机的男人怒气冲冲地来到船上。

他操着一口流利的日语,说:“你们这条船上有一名叫仲间优司的青年船员因在酒吧里酗酒闹事而被警察抓走了。仲间优司让我捎个信,请你们带着钱去赎他回来。”

在场的富士本健太立即插嘴说:“我一直让他不要喝太多嘛。”富士本健太急切要救人,很快和大副商定,由他带着剩余的靠岸费跟着那个男人去警察局。

两个小时后,烂醉如泥的优司自己摸回了船上,他对所谓酒吧酗酒闹事的事情毫不知情,矢口否认。

跟着出租车司机一起去了警局的富士本健太再也没有回到船上。

那时,优司刚会喝酒。事发的前一天晚上也在开普敦的迪厅喝得烂醉如泥,出店门时被一群流氓围攻,差点抢走了他的钱包和船员证。恰逢富士本健太等人路过,一番打斗后赶走了那群流氓。虽然他们没有枪,但有匕首。优司的臂力很大,出手很快,他曾在蒙得维的亚的酒吧用他擅长的背摔把一个身高两米的乌拉圭壮男摔出去,使他昏了过去。

因为是被抢事件的第二天,所以富士本健太他们就轻易地相信了那名假出租车司机的谎言。

对健太的搜救进行了一个多星期,而健太仍然下落不明,当地警方则一口咬定富士本健太已经遇害。不得已,优司他们只好把后续事宜移交给了日本驻南非大使馆的工作人员,于入港后的第二周离开了开普敦。

喝了两大罐啤酒之后,美由纪的脸颊也开始变红了。

窗外,天色不知不觉暗下来。尽管已经春天了,太阳还是很早就落下。美由纪站起身来拉上了客厅的窗帘。小区内一片静谧,没有丝毫的喧嚣嘈杂的声响。美由纪返回坐下,沉默了一会儿。

“预产期是什么时候?”

她突然问。

“七月二十三日。”

“哦……”

美由纪小声说:

“当儿子元太外出而家中徒剩我一人时,生活节奏突然松弛下来,一瞬间像感受到了一世的孤独——周围寂静无声,仿佛听到自己的心跳声！每当这个时刻,就萌生一种想抛开元太,抛开一切,让自己赶快消失的奇怪的想法。像我这种中年丧夫的人,心中明白只有之前完全陌生的人结成的夫妻关系才是最为牢固的关系,因为在成百上千的芸芸众生之中只有你们两人相遇,只有你们两人结缘,说是偶然选择也好,说是命里注定也罢,总之,姻缘这种东西确实很奇妙。而孩子,就是上天给予结成了这种奇妙关系的两人的一种嘉奖。抚养孩子无疑耗费了父母的巨大心血，但孩子也会给父母带来爱，带来勇气和力量。某种意义上讲，孩子就是母亲人生的意义。不过，跟丈夫的关系不同的是，孩子并不能由你自由去选择。”

听到美由纪这一席话，美帆想到了生身母亲古川美和。被小柳俊彦抛弃后她是不是也想让自己早点消失呢？

“那孩子能够选择父母吗？”

美帆同时想起优司曾说过的话。

“谁知道呢？或许是孩子跟上天商量之后，选定了父母才来到这个世界的。”

美由纪说道。

“美由纪小姐你没想过再婚吗？”

美帆问。

“和谁？优司吗？”

她的反问直截了当。

“我是说，比如。”

美帆毫不含糊。

“或许吧。”

美由纪露出若有所思的神情。

“我曾经犹豫过，如果能够和他在一起，他肯定会脱离黑社会。但跟优司在一起就等于让他做元太的父亲，这样一来，我总觉得自己太狡猾、太算计、太对不起他了，设下圈套让他做元太的父亲，我一直没有下决心。或许他在等我的决定呢。”

美由纪直勾勾地看着美帆说道。

“现在想来，自己这么做或许只是在逃避。其实，只要我一心顾虑自己和孩子的事情就好办了。女人可以随意挑选孩子的父亲。即便孩子不是那男人亲生的，只要觉得这个男人可以成为孩子的父亲那就让他当父亲。因为生孩子和养孩子的都是我们女人啊。”

美帆从未对美由纪说过肚子里孩子的事以及孩子父亲的事，但她似乎看透了美帆的一切。

“白天吃铁板烧时我向你提起过，优司经常说是因为你他才坚强地活下来的。他发自内心由衷感谢的人只有两个，一个是我丈夫，另一个就是你。优司一出生就被送到了孤儿院并在那里长大，他不知道怎样做才能让自己幸福。对于健太和你，他只知道感谢却不知道该为你们做些什么。他说，你父亲曾郑重地拜托他照顾你，他却加入了黑帮，没能为你做任何事。”

突然提及自己的父亲,美帆大吃一惊。父亲俊彦是什么时候拜托他,又托付他什么事呢?

“优司是个不幸的人。”

美由纪说。

六月二十一日

五月底,美帆回到了片濑市。

母亲早苗坚持无论如何要她回片濑市分娩——在与富士本美由纪的大阪见面后,美帆就把怀孕的事告诉了母亲早苗。如弟弟正也所说,早苗并没有太惊讶——似乎早已料到。美帆甚至以为她现在正忙着跟本多雅光热恋,况且美帆又不是亲生女儿,想必怀孕的事她应该不会太上心。

两天之后,早苗突然来到了东京。

在早苗的眼里,美帆怀孕这件事就像估量着上钩的鱼的大小,没有犯下从一开始就胡乱收竿的错误。

之后,她就态度坚定地要求美帆必须回片濑市待产。

美帆曾以工作不能离开东京为由和早苗软磨硬泡多次,最终,早苗的一句话打退了美帆的进攻:

“那你岂不是不出席你爸爸的一周年忌日了?”

小柳俊彦的忌日是七月二十日,就是美帆预产期的前三天。

并且，一个月后，又迎来父亲去世后的第一个盂兰盆节。

看着早苗得意的模样美帆觉得好笑。弟弟正也惊讶说："她像火烧眉毛一样急切。"还说：

"看来，妈妈果然深爱着爸爸。"

进入六月雨就没停过。

面朝玄界滩的片濑市属于日本海海洋性气候，与相邻的福冈市气候一致。东京那种万里无云的大晴天在这里如凤毛麟角。并且，进入梅雨时节后，更是整天都乌云密布，细雨霏霏，整个城市都是湿漉漉的。美帆在东京生活多年，已经完全不能适应故乡这种令人厌烦的气候。

连续半个月的连绵淫雨让美帆心情郁闷，烦躁不堪。

肚子越来越大，即使睡着了也经常因腰骨疼痛而惊醒。她无法相信苗条的身体居然能变成这个模样，她无法接受这个现实——尽管她知道全世界的女人都要经历这一关。

回到片濑还不到一个月，美帆就后悔了。

那天，是罕见的大晴天，天空出奇地晴朗。美帆早早起床，洗漱之后开始精心准备早餐。然后打开窗户，在微风的吹拂下拿起筷子——她觉得只有在这种意境下用早餐才不会辜负早餐的美味。吃完早饭，她突然想给优司打个电话。

昨晚电视新闻介绍了藤木町的绣球花节。以绣球花寺著称的瑞严寺内今年竟然有一万株绣球花盛开。

美帆很喜欢绣球花。

仰望着澄碧如洗的晴空,美帆想去瑞严寺观赏绣球花。

午饭后,优司来接美帆了。

“肚子这么大了,跑到藤木那么远的地方行吗?”

他露出忧虑的神情。

“当然没问题。你只要乖乖带我去就行。”

不知为何,美帆见到优司即刻就变得任性,甚至早苗也提醒过她,但她我行我素——频繁地跟优司见面,经常去他的店里,想去购物或者散心时也会找他来当司机。

当然,有时也有香澄和莉莉子等四人一起见面。香澄好像回千叶的决心已定,她打算把店交给莉莉子,现在正手把手地教她怎么做妈妈桑。

研一依然不知所踪。

警察几次侦查到了他的行踪,在实施抓捕时却又让他逃走了。听说他对出卖自己给警方的优司恨之入骨,警察也提醒优司要多留意周边。听莉莉子说,向警方举报研一的人就是优司——他通过熟人与建材公司的老板取得联系,并劝说他无论如何要报警。

"研一对优司一直是父兄般地敬重,他一定受不了这样的打击。"

莉莉子完全不提自己被研一虐待和殴打的事实,居然一味地同情研一、袒护研一,应该是她对他感情还有余温吧?美帆觉得。

下午一点整,两人出发。

藤木町位于南侧,与熊本相邻,是著名的产茶中心八女地区东部的一个中心城市,除了盛产茶叶之外,还盛产葡萄、桃、草莓等水果。从片濑出发即使走九州高速公路,单程也得要两个多小时。

下午三点多,两人抵达位于女岳山下宏大庄严的瑞严寺。一路上,优司基本上没有进入超车道,倒是美帆不停地催促:"可以再开快一点嘛。"

优司的车在大停车场的入口附近停下,两人沿着坡道走向绣球花庭院所在的寺内。气温不断上升,已经超过了三十度。走了几步额头上就开始冒汗。坡路变陡时优司会牵住美帆的手。美帆的手握在优司的手心，她觉得十分踏实和安心。

新年的那场“毒爱”，美帆在久留米的情人旅馆哭得死去活来、筋疲力尽，优司一直紧紧地搂着她。美帆把脸埋在优司裸露着的胸口上，与之前在庆应医院抚摸他背上的刺青时相同的感觉顿时传遍全身，贴在优司冰凉细腻的肌肤上，美帆哭得滚烫的脸也觉得有舒服的感觉。

当时，一种奇妙的感觉在她体内出现，有一条柔软的东西似乎瞬间将自己和优司的身体包裹了起来，美帆闭上眼睛，尽情享受那种感觉。

一条粗长的动物缠在身上，不紧不松，将两人的身体牢牢地绑在一起。

是他背上的那条龙，它飞离了优司的身体，美帆认为。龙身上的鳞片撞在一起发出“沙沙”的声响，它试图将美帆和优司合而为一。

走过一座小石桥来到山门前，就是绣球花园了。

雨季过后，线球形状的大本绣球被染成了深紫色，美帆喜爱的琉璃色的姬绣球、白色和玫瑰色的艳丽西洋绣球也花团锦簇、争鲜斗妍。只见鲜艳的绣球花汇成花的海洋漫过山门，一直向雄伟的正殿蔓延而去。

因为是周六并且已临下午了，上来参拜的人寥寥无几。美帆和优司独享这花的盛宴，甚至觉得眼前大片的绣球花海是专为自己盛开的。

美帆拿出相机，一阵狂拍。

“应该先去参拜。”

优司责备她。

“嘿嘿，我就是来参拜这些花的。”

听到美帆这样说，优司真是哭笑不得。

气势恢宏的正殿倚女岳山而建，在一片新绿的衬托下，显得越加庄严雄伟。美帆合掌祈愿，神情十分虔诚，身旁的优司只是跪拜了一下就迅速地走开了。

美帆对站在阶梯下方等她的优司说：

“参拜神佛时不好好合掌怎么能行呢。”

明明是他催促自己要先来参拜的。

“我做过许多愧对神明的事，所以害怕。”

优司语气冷淡。

两人并肩朝绣球花园走去。这时，优司两眼凝视着前方，轻轻说：

“我啊,少了一个肾脏浑身就觉得很不安。”

这句话似乎是优司随口而说,对美帆来说却是一记重锤一般记忆深刻。

参观完绣球花园,两人到寺前的豆腐料理店吃了午餐。

出料理店时,天空瞬间乌云密布,路上行人影踪全无,周围安静极了。时间已近四点半。

两人沿着参道返回停车场,大颗的雨滴眼看着就“噼里啪啦”地砸下来。

因为美帆跑不动,所以他们俩只能顶着越来越大的雨点走到车旁。

“你真像个企鹅。”

优司看着迈着罗圈腿缓缓挪动的美帆笑着说。

刚坐进车里,天空就像被捅漏了一般大雨滂沱。

优司插进钥匙正准备发动引擎,突然“刺啦”一道闪电,巨大的雷声轰隆而来。

“看来要避一会儿雨了。”

优司嘀咕了一句。

车停放在停车场,瑞严寺宏伟的建筑和背后连绵的山麓应该能清晰可看,但眼下密密的雨幕把一切遮掩得严严实实,休想看到什么。

少顷,雷声渐小,但倾盆大雨依然故我,丝毫没有减弱。

优司打开空调,冷风吹拂在胸前和脚下,汗湿的肌肤立刻舒服起来。

优司放倒驾驶座的椅子躺倒在上面,美帆仿效他也放倒了座椅。

一时之间两人都沉默不语,只是静静地听着哗哗的雨声和看着烟雨朦胧的山景。

“上周,我去了一趟大阪。”

优司开口说。

“原来四月时你去见过美由纪了,到了大阪后我才知道的。”

美帆并没有特意叮嘱美由纪不要告诉别人。但从优司的样子看,美由纪应该什么都没说。

“听说我父亲曾郑重地拜托你照顾我,真的吗?”

美帆提出了困扰很久的疑问。

“也不算是拜托,只是老师说了很多奇怪的话倒是真的。”

“什么时候?”

“我不是跟你说过他来过樱花学园找我吗?就是那时。”

“就是他说为了仲间,不管是钱还是其他任何东西他都愿意拿出来的那一次吗?”

“是的。”

“都说了些什么奇怪的话?”

她看了看旁边的优司,发现他一副愁眉苦脸的样子。

“他让我以后娶你做老婆。”

“什么意思?”

“我也不知道。”

“哦。”

美帆发现不知为何自己的脸上发烧,似乎心跳也加快了。

她深吸一口气,清清嗓子说:

“你曾说因为我才坚强地活了下来的,能解释一下吗?”

美帆鼓起勇气,终于说出了那件事。

“我又没有救到你。”

优司突然把座椅拉了起来,美帆也慌忙把椅子恢复原状。

“不是这样的。”

优司有些愠怒。

他直视着挡风玻璃的前方。

雨点渐渐小了,雨的噪音也变小了,车内显得很安静。

“当时,是我自己主动松开雅光哥的手的。”

美帆的目光凝视着优司的侧脸。

“我把你弟弟正也交给老师之后,我抓着雅光哥的手让自己的身体慢慢上来。当我的眼睛露出堤坝时我看到了很多人,有为我提心吊胆的哥哥、姐姐,还有孩子和大人们。当时,我突然萌生了一个念头——我不想再回到这个世界了。

“已经足够了,人生虽然短暂但我仍觉很满足。我想早点回到静谧的世界享受宁静的快乐。于是,我松开了雅光的手。”

话说到此,优司沉吟了一会儿。

“掉进河里后我很快被激流冲走了。我随波逐流,没有挣扎,没有挥动手脚,我想直接沉入河底让一切结束。然而,就在我即将沉入河底的那一刻,不知哪儿来的一股魔力让我看到了你。为什么?就在我开始下沉的那一刻……”

优司停顿下来。他紧咬着嘴唇,两眼仍旧看着前方。

“我看到你穿着衣服从堤坝上跳了下来,我大吃一惊。我从没这样惊讶过。那天,你根本就没有游泳,你是穿着白色连衣裙撑着白色遮阳伞一直坐在岸边的。”

美帆默默地注视着优司,发现他大大的眼睛中渗出一颗泪滴。

“我吓坏了,从来没有人为了我这么不顾性命,做这么愚蠢的事啊。于是,我开始拼命划动——你是为了我才跳进水里的啊,无论如何要把你救起来,无论如何不能让你死。当时,我心底只有一个信念——我愿为你付出生命。后来,当我醒来看到你时,我竟激动得一句话也说不出口。这是我这辈子最高兴最兴奋的时刻——因为你活着！你还活着！我又看到了活生生的你了！我从来没有这么高兴过呀。”

美帆想起了优司掉进河里时的微笑。紧急情况发生时不知道自己为什么会那么做,只是想绝不能让露出迷人笑容的少年就这么死掉。等她缓过神时,已经从堤坝上跳了下来。追过来的雅光哥也奋不顾身地跳进河中,如果不是他拼命把美帆拉回岸边,或许美帆已经溺水身亡了。

“因为你不顾一切地救正也啊,我为了你跳进河中是理所当然、义不容辞啊。”

美帆说。

“不是的。”

优司似乎气鼓鼓。

“我最擅长游泳。当我看到正也被冲走时,完全有信心有能力把他救上来。而你不同。每次上体育课只要是游泳,你都会请假。当时你是为了我做好了死的准备,这次当然要换我为你去死喽。”

言罢,他紧紧地盯着美帆。

不到三十分钟,雨奇迹般地停了。湿润的阳光透过厚厚的云层缝隙钻了出来。

“你看。”

美帆指着挡风玻璃外面的天空叫道。太阳出来后优司就立刻戴上了墨镜,他把脸转向那边,发出“哇”的赞叹声。

瑞严寺后面的山间有一道美丽的彩虹。

光线会使美丽的东西变得更加美丽——美帆回想起了莉莉子说的这句话。光线就是用七色的彩虹装饰了雨后美丽的天空。

美帆打开副驾驶座的车门,下车了。

优司立刻跟着下了车。

太阳从乌云中露出了脸,但空中仍飘散着雾雨。

优司从后备厢拿出一把伞来到美帆旁边,为她撑起伞。

“好漂亮哇!”

优司摘掉墨镜,赞叹道。

美帆和优司,两个人就这样静静地站在一起观赏着雨后彩虹。美帆突然觉得这一天、这样的情景似乎早就有过,或是早就预感到。

腹中的胎儿用力地动了一下。

突然,背后传来了汽车紧急加速的嘶鸣声。

美帆和优司同时回过头。

一辆大型越野车朝两人急速驶来,美帆清楚地看到坐在驾驶座上的那个男人——一个身材壮硕的光头男人。他一直在吼叫着什么。

狂躁的越野车撞上两人之前,车头灯亮了。

优司感觉车灯太刺眼,扭过脸去。

——这是美帆看到的最后一个景象。

二〇〇七年十二月一日

“嗨呦、嗨呦”龙司一边叫唤着，一边吃力地爬上阶梯。

他紧紧地抓着美帆的右手，小指甲嵌进美帆的手心，美帆微微感到刺痛——这小家伙的力气越来越大了，跑得也越来越快，现在，母子两人可以在公园里赛跑了。

“小龙，我马上就追上你喽，加油！”

美帆给他鼓气。

“嗯。”

满脸通红的龙司吃力地点点头。

爬上站台的阶梯后，美帆在跨线桥上把龙司抱了起来。一是因为台阶较陡，下楼比较危险，更重要的是她想抱一抱儿子柔软的身体。

龙司本月就两岁五个月了。

妈妈自杀时美帆才两岁两个月。她是女孩儿，应该跟现在的龙司一样已经会走路了吧。

自己是否也拉着妈妈的手爬上站台的阶梯呢?

那是二月份,风应该比今天更凛冽一些吧?自己当时肯定一直紧紧抓着妈妈温暖的手。

做梦也不会想到,那双温暖的手要把自己从高高的楼顶上扔下去。

每当想起这些,美帆就全身颤抖,不由自主地把龙司抱得更紧。

走过跨线桥,通过车站的检票口后,两人来到外面的街上。

住在板桥的母亲当时为什么要跑到横滨这么远的地方来呢?

听说妈妈患有自主神经系统紊乱症。正因如此,她才要接受治疗,才会有了在医院遇到父亲的这段孽缘。妈妈不仅没有治好病,反而遭受了更大的精神创伤——被父亲抛弃,生下美帆,失去了工作和唯一的住所,甚至连照顾她的母亲也先她离开人世——时至今日,美帆觉得自己能够尝试理解母亲当时为何没有活下去的信念。

然而,带着亲生骨肉——两岁的女儿来到这个完全陌生的地方,在自己跳楼之前先把孩子扔下去,这种行为也不是正常人能做得出来的啊。

母亲当时肯定很害怕。

她虽然想死,但又害怕死,所以先把美帆扔下去,通过杀死自己女儿来断绝自己的一切退路。

美帆无法原谅母亲这种毫无人性的胆小和卑怯。

看到女儿仰躺在楼下的草地上就以为她肯定死了吧?

估计还没来得及确认就自己跳了下去了。

没想到美帆居然活了下来,而且还目睹了她坠楼的全过程。

美帆右腿内侧那片红色胎记并不是与生俱来的。

被母亲从高高的楼顶上扔下的美帆落在树丛里,弹起后再落在了草地上。不知道什么时候被什么刮了一下,最后就变成了那片红色胎记。

送到孤儿院后的一段时间里美帆腿上一直缠着绷带。

——高二那年夏天,美帆找回了当时的记忆。

早苗知道这些吗?

所以她坚持无论如何要把那块胎记去除掉。

车站前面没有高楼大厦,一条笔直的道路从车站开始向前延伸,两旁的大树遮天蔽日。

全是银杏树。由于没有建筑物的遮挡,春天时,它们尽情伸展着强壮的枝干,秋天来临时,它们就“沙沙”洒落下一地的金黄色叶子。

三十五年前又是怎样的境况呢？恐怕很冷清吧？那时，这条笔直的道路两旁可能还是一片片农田。

母亲走在这条路上时会想些什么呢？美帆想象不出来——即使现在她牵着龙司走在同一条路上……

每当一阵风吹过龙司都会叫唤着好冷，美帆停下脚步，把他脖子上的围巾拉到嘴边。

龙司越来越像他父亲，怎么能这样弱不禁风呢？不，男人任何时候都不能这样啊。

两年前的议会总选举中，由于现任议员没能获得提名，黑川丈二得以当选为众议院议员。九月十一日，美帆抱着刚出生两个月的龙司坐在电视机前看到了他与夫人为初选通过而欢欣雀跃的表情。美帆当时居然毫无感觉。

龙司是七月二十一日出生的，这天恰好是父亲一周年忌日。六月份的车祸没有给这个小家伙的诞生带来任何影响，出生时六斤四两，一个非常健康的宝宝。听香澄和莉莉子说，母亲早苗一直站在市民医院分娩室外的走廊上，当她听到龙司的第一声啼哭后眼泪就忍不住哗哗地流下，后来索性哭出声来，毫不在意周围人的目光。

小路上人影寂寥，十分钟之后前方出现了一片很大的住宅区。

在此之前，美帆曾多次试图来到这里，但从未实现，今天终于来了。

她抱起龙司，毫不迟疑地走进住宅小区的入口。

走进小区，迎面看到一大片空地，大块红褐色的土壤裸露地表，周围杂草丛生，新的建筑一幢幢耸立。正是中午时分，工地上人影稀少。左前方一座正在施工的建筑中似乎有几个工人的身影在不紧不慢地做着什么。

美帆选择走右边那条路。

光阴荏苒，小区的建筑也会老去，也会不断地退出人生的舞台而由新的建筑取而代之，不过她坚信，要去的十号楼一定还在。

龙司在怀里睡着了，时而传来均匀的呼吸声。

风停了。晴空万里无云，只要没风，就能感受到清凉的空气轻拂着肌肤，非常舒服。

龙司体重增加了许多。一直抱着他的美帆，两条胳膊已经麻木和酸胀。

——当时，自己肯定没有被妈妈抱着，更没有睡着，而是牵着妈妈的手顺从地走在这条路上。

美帆很快就找到了十号楼。

没有想象中破旧。想必外部已经粉刷和翻修若干次，内部设备肯定也换过了，涂得雪白的九层建筑物看起来很庞大。

走近它，美帆也没有一丝的熟悉的感觉，不会勾起她任何的回忆——无论是周边环境还是主体建筑，美帆都没有任何印象。只有永妻克子的报告书确切显示，自己的母亲就是从这栋楼的第九层楼梯口跳下身亡的。

美帆环顾四周，发现建筑物的两端都有外置楼梯。美帆不由得猜测着母亲是从哪边的楼梯爬上去的。正前面的玄关，左侧的外置楼梯附设了一个不知是水泵室还是电机房的低层建筑物。美帆抬头看了看，如果是从楼的顶层跳下来，毫无疑问，首先会撞到的就是这个低层建筑物的屋顶。

母亲肯定是选了右边的楼梯。右边有一个小公园，虽然没有树丛，但建筑物与公园之间有一个两米宽的隔离带，上面铺敷着绿茵茵的草皮。

她又抬头仰望，如果是从那儿跳下来的话，正好落在草坪上。

美帆抱着龙司走进草坪。她小心翼翼地蹲下来尽量不压迫到下腹部。

美帆刚用手摸摸草坪，睡着的龙司就哭闹起来，于是立刻收回手。她想躺下来，仰躺在这片草坪上仰望自己坠落的地方，应该能唤醒失去的部分记忆。

美帆站起身来。

又开始刮风了，这儿不宜久留。

她从玄关走进十号楼。入口的左侧是电梯。不知道母亲当初是乘电梯还是从楼梯爬上九楼的。考虑到母亲当时带着一个两岁的孩子，所以猜测母亲应该会走进电梯，按下到顶层的按钮。

旧式电梯缓缓上升。到达九楼之后，美帆沿着开放式的走廊走向右侧的外置楼梯。三十米之后就是尽头，楼梯就在 901 号房间的前面。走下七阶楼梯之后就是楼梯口。

混凝土的围墙有美帆的胸口那么高。美帆把怀中的龙司放在地上，龙司却紧紧搂着她，坚决不肯下来。

“小龙，下来了。”

美帆稍微严厉地说。

“小龙，快下来。”

她用双手拉开龙司的身体。龙司哭闹着睁开眼睛惊恐地看着周围。

“这儿很高，一定要抓紧妈妈的手。”

美帆的左手拉着龙司的右手。

龙司靠在妈妈的腿边，紧紧地握着妈妈的手。

美帆闭上眼睛，现在她还不敢把身体探出去向下看。

两岁的我。

在这里，我被妈妈抱了起来，但是不知道妈妈将要做什么。妈妈抱着我，半个身体紧紧贴在墙上，即刻就要把我推出墙外。妈妈双手抱着我，我的身体悬在空中，直到这时我才意识到自己会被扔下去。往下看，万丈深渊，我非常恐惧，心都要跳出来了。妈妈抓着我的腋下，双手慢慢往外伸。妈妈的脸因巨大的痛苦而扭曲着。我叫了起来：

“妈妈，不要！”

美帆睁开双眼。

她觉得身体状况有些异样，完全不对劲。

她探出身体往下看，比想象中的要高得多。公园中的沙坑、秋千、长椅变得很渺小，似乎一个手掌就能全部握住。旧的楼宇已经没剩多少，只有这栋十号楼和隔壁的两栋楼。小区入口的那栋正在施工的建筑已经快封顶了。

美帆抬头仰望。

十二月的天空明朗清澈。

透明的阳光照进眼睛里。她深吸一口气，眼中的光顿时变成了七彩之色。

研一发狂地开着越野车冲过来时，为了保护肚子美帆本能地弯下了腰。她感觉到腰部受到了剧烈的冲击，恍惚之中发现自己像氢气球一样向空中漂浮。她的心居然出奇地平静，完全没有恐惧感。她觉得有一条长龙把自己连同腹中的婴儿一同包裹起来，这种感觉就跟优司紧紧搂着她时一模一样——一条金光闪闪的巨龙盘着长长的龙身，紧紧地包裹着美帆的身体，令她无比安全。

醒来时，美帆发现自己躺在医院的病床上，母亲早苗满脸愁云地站在身旁。

“孩子呢？”

美帆问。

“孩子没事。”

母亲回答。

两岁的我。

和妈妈一起走在一条很长很长的路上。我的右手紧紧地抓着妈妈的左手。妈妈慢慢地走着,时而看向我,对我说些什么。说了什么呢?我完全不记得。我走累了,妈妈要去哪儿呀?我还要走多久呢?我想停下来,我想妈妈抱着我。但是不行,妈妈的右手还提着一个很大的纸袋呢。

到了楼梯口,妈妈终于把我抱了起来。一次又一次地用脸贴着我的脸,嘴里说着什么。而且,妈妈一边说着还一边在哭泣。

我和妈妈一起走向围墙。妈妈从纸袋里拿出一个小梯凳之类的东西搁在地上,然后一步步登了上去。每登一步我就感到一阵冷风吹过,我害怕地紧紧贴着妈妈的胸口,妈妈紧紧地搂着我。

妈妈站在围墙上。她笔直地站在那里。

我在妈妈的怀里仰望着天空。

天空一片蔚蓝。虽然有点冷,但我不怕。

妈妈用力收拢胳膊。

妈妈的身体在空中飘荡，我的身体也是。

我颤抖着声音喊着：

“妈妈，我怕！”

自己跟“汤匙”一样在空中画了个大大的弧线后重重地坠落——美帆一直这么认为。

一边挣扎一边发出尖叫的“汤匙”落在美帆的眼前——尽管这只是美帆臆想出来的景象。

我没有看见妈妈坠楼的全过程，我不是被妈妈扔下楼的，是妈妈抱着我一起跳下楼的。

我怎么获救的呢？之后发生了什么事呢？我完全不记得了。

我只知道妈妈一直紧紧地抱着我，直到最后的最后。

我终于想起来了。失去的记忆清清楚楚浮现在我的脑海。

——小学五年级的春天去除的右腿内侧的那片胎记。

——早苗总说形状像蛇一样、令人讨厌的那片胎记的形状。

“妈妈！”

美帆仰望着天空,从心底发出三十五年来第一声呼唤。

眼泪汩汩地溢出眼眶。

"妈妈,对不起!"

她的视线渐渐模糊起来。

"妈妈,对不起,让你一个人孤单地死去。妈妈,对不起,我之前一直恨你。"

美帆站起身对着天空哭泣起来,这种轻声的啜泣一直延续了许久。

直到觉得有人在拉她的左手,她才终于缓过神来,急忙擦去眼角的泪花。

龙司一脸不安地仰望着她。

"小龙,好了,我们回家吧。"

龙司默默地点头。

出了小区后,她拦下了一辆路过的出租车。坐进去后美帆就把龙司搁在腿上紧紧地抱住。她觉得龙司的身上有些冷,于是问:"你冷吗?"他摇摇头。

腹部传来些微的不适感。

也许冷的是自己吧?美帆思忖——马上就第六个月了,已经进入了稳定期,应该没问题。

五分钟后出租车到达车站。

下车后龙司就甩开美帆的手,一溜烟地跑到了检票口。

“小龙,别跑。”

他好像根本没听到美帆的叮嘱。

一个男人站在检票口旁。见龙司跑过来,他急忙蹲下身,张开双臂。

抱起龙司之后,他慢慢地站起身来。

黝黑的脸上戴着一副墨镜,静静地注视着美帆。

一丝羞怯的笑挂在他的嘴角。